GOLDMANN

Buch

In Reno, dem »Scheidungs- und Spielerparadies« in Nevada, treffen sechs Personen mit ganz unterschiedlichen Interessen zusammen. Natürlich geht es um die Annullierung von Ehen, um neue Leidenschaften und alte Eifersucht, aber auch um große Versicherungssummen, die im Todesfall fällig werden. Und der tritt für zwei Männer schnell und unerwartet und nicht ohne fremde Hilfe ein…

Autor

James M. Cain wurde 1892 in Annapolis, Maryland, geboren. Er schrieb für große Zeitungen, war Leitartikler für *New York World* und Professor für Journalistik, bis er von dem Kritiker und Sprachforscher H. L. Mencken zu literarischer Arbeit angeregt wurde. Die Romane *The Postman Always Rings Twice* (Dt. *Die Rechnung ohne den Wirt*) und *Double Indemnity* (Dt. *Doppelte Abfindung*), die in den dreißiger Jahren erschienen, machten ihn weltberühmt. Cain schrieb zahlreiche Erzählungen, Romane und Drehbücher. Er starb im Jahr 1977.

Von James M. Cain außerdem im Goldmann Verlag:

Doppelte Abfindung. Double Indemnity · 5084
Die Frau des Magiers · 5092
Das Mädchen, das vom Himmel fiel · 5104
Zarte Hände hat der Tod · 6243

JAMES M. CAIN

MORD IN RENO

Jealous Woman

Aus dem Amerikanischen
von Fried Holm

GOLDMANN VERLAG

Der Goldmann Verlag
ist ein Unternehmen der Verlagsgruppe Bertelsmann

Made in Germany · 5/90 · 1. Auflage dieser Ausgabe

Dieser Band ist bereits unter der Nummer 4506 bei
Goldmann erschienen.
Umschlaggestaltung: Design Team München
Umschlagillustration: T. Michalski, München
Druck: Elsnerdruck, Berlin
Krimi 5262
Lektorat: Ulrich Genzler
Herstellung: Klaus Voigt
ISBN 3-442-05262-9

I

Als man mir am Empfang sagte, daß sie in Nummer 819 wohnte, war mir klar, daß ihr Kerl oder ihr Alter oder ›wer weiß ich‹ es gut mit der kleinen Jane meinte, denn die Appartements mit den Endziffern 19 sind die luxuriösesten im Washoe-Truckee-Hotel, dem besten Haus hier in Reno, und man muß dafür ein bißchen mehr als ein paar Hosenknöpfe hinlegen. Es sind helle, große Zimmer an der Südwestecke, mit Blick auf die Sierras und den Fluß – und sie kosten einen ganz schönen Batzen. Als ich mich dann übers Haustelefon bei ihr anmeldete, nannte ich ihr weder meinen Beruf, noch erwähnte ich auch nur mit einer Silbe die Versicherungsgesellschaft, in deren Auftrag ich tätig war. Kein gewiefter Agent würde das tun. Ich sagte nur, ich sei Ed Horner von der Firma Edgar Gordon Horner, Inc., und ihr Mann habe mich gebeten, mich in einer gewissen Angelegenheit mit ihr in Verbindung zu setzen – also erklärte sie, ich könne raufkommen. Und da wartete sie denn an der Tür ihres Appartements, eine Zigarette in der Rechten, den Türknopf in der Linken, damit sie sich schnell wieder zurückziehen konnte, wenn ihr meine Nase nicht gefiel: die Jane Delavan, über die man so viel in den Klatschspalten der Zeitungen lesen konnte.

Vielleicht haben Sie ihr Foto schon mal irgendwo gesehen, aber in Wirklichkeit sah sie noch viel besser aus, denn sie zeigte nicht das übliche Hollywoodlächeln, wie man es aus der Zeitung kennt – ein Lächeln, das manchmal etwas verlegen wirkt und von der Kamerascheu der abgebildeten Persönlichkeit Zeugnis ablegt. Mit anderen Worten, sie war einfach Klasse: mittelgroß, eher schlank, aber trotzdem mit genügend Kurven, in der eleganten, vornehmen Art. Leider brachte ihre Kleidung das nur sehr andeutungsweise zum Ausdruck. Sicher, was sie anhatte, war nicht von der Stange und schon gar nicht billig, das sah man auf den ersten Blick, aber das Zeug hing irgendwie lose und formlos an ihr herum, so daß man mit dem Blick ganz automatisch einer Falte nach oben und der nächsten wieder nach unten folgte. Ihr Gesicht war länglich-oval und sonnengebräunt, ihr Haar dunkel mit roten Glanzlichtern darin. Die Augen schimmerten haselnußbraun, aber zugleich lag etwas in ihnen, was mich vermutlich einige Stunden Schlaf kosten würde – bis ich mich damit abgefunden hatte. Nicht, was Sie jetzt meinen – nein, sie wirkten eher irgendwie scheu und traurig, wie bei einem geprügelten Hund. Die Art von ›blauen Augen‹, wie sie einem das Leben schlägt. Sie konnte zwar den Blicken eines anderen standhalten – aber nicht sehr lange. Dann schaute sie ins Nichts, schräg an einem vorbei, bis sie sich schließlich zusammenriß und wieder auf ihren Gesprächspartner zurückkam, mit der Andeutung eines Lächelns, das weniger freundlich als verlegen war. Das reichte aus, daß ich schon bald anfing, mir Gedanken zu machen über sie, und wenn man über eine Frau nachdenkt, dann nicht nur über einen Teil ihres Wesens, während man den anderen einfach beiseiteschiebt. Nein, wenn man erst einmal damit anfängt, beschäftigt man sich von oben nach unten und von unten nach oben mit ihr, ganz zu schweigen von den Diagonalen.

Wenn ich ehrlich sein will, muß ich zugeben, daß ich das natürlich nicht auf den allerersten Blick erfaßte, wenngleich ich es vielleicht von Anfang an fühlte. Was ich tatsächlich sah, war in erster Linie ein bildhübsches Mädchen, das sich an meinen Namen erinnerte, weil es ihn gerade übers Haustelefon vernommen hatte – etwas, was einem Versicherungsdetektiv auffällt, weil er selbst beruflich gezwungen ist, sich einmal genannte Namen gut einzuprägen. Ich kam nicht gleich aufs Geschäftliche zu sprechen. Erst spazierte ich eine Weile in ihrem Wohnzimmer auf und ab, bewunderte den schönen Blick, versicherte ihr, daß sie großes Glück gehabt habe, ein so vielbegehrtes Appartement zu bekommen. Ja, meinte sie, es habe sie einige Überredungskunst gekostet. Ich fragte sie, ob es gestattet sei, zu rauchen, nahm mein Zigarettenetui aus der Tasche, steckte mir eine Zigarette in den Mund, suchte nach Streichhölzern, fand keine, steckte die Zigarette wieder ins Etui und ließ es verhältnismäßig laut zuschnappen. Ich habe nie Streichhölzer bei mir. Wenn es gelingt, den Gesprächspartner dazu zu bringen, daß er einem Feuer anbietet, ist man bereits einen Schritt weiter. Meistens zeigt sich der andere erfreut, daß er einem die kleine Gefälligkeit erweisen kann, aber was er damit nicht ahnt, ist folgendes: Er tut damit den ersten Schritt zu einer persönlichen Beziehung, und der ist unwiderruflich. Die Gelegenheit, einen eiskalt abzuservieren, ist damit vorüber.

Sie gab mir Feuer, und ich machte eine große Schau daraus, verbeugte mich, bedankte mich überschwenglich und betrachtete zugleich das Feuerzeug. »Ein erstaunliches Exemplar, Mrs. Delavan. Darf ich fragen, wo Sie es herhaben?«

»Aus dem Souvenirladen in der Hotelhalle.«

»Tatsächlich? Na ja, es ist trotzdem sehr hübsch.«

»Ich habe mein Patentfeuerzeug, das ein Soldat aus einer Patronenhülse gemacht hat und das immer funktioniert, in New York gelassen, also habe ich mir das da besorgt. Es kostet sieben Dollar fünfzig, ist alles andere als bemerkenswert und funktioniert nur gelegentlich – aber wenn es einen Bewunderer gefunden hat, um so besser.«

»Immerhin ist es so ziemlich das beste, was man hier in Reno bekommen kann.«

»Ich weiß nicht, ob das bereits eine besondere Qualifikation ist.«

». . . sagen Sie, was haben Sie gegen unsere Stadt?«

»Gegen die Stadt – nichts. Aber gegen diese blauen Chips. Ein bißchen teuer, würde ich sagen.«

»Ach, das haben Sie gemeint.«

»Man hat mich vor dem Glücksspiel gewarnt, aber –«

»Moment mal – das ist aber doch völlig legal. Wenn man hier merkt, daß ein Croupier auch nur den Verdacht erweckt, er könnte mit gezinkten Karten spielen, wird er nicht nur augenblicklich gefeuert, Mrs. Delavan, man steckt ihn obendrein noch in den Knast.«

»Na schön – es ist wirklich beruhigend zu wissen, daß nicht irgendein billiger Schwindler, sondern die braven, ehrlichen Croupiers mit ihrer leicht begreiflichen, hemdsärmeligen, galoppierenden Gewinnbeteiligung mich um meine Dollars erleichtert haben. So oder so – ich bin pleite, oder so gut wie. Und es wird mindestens zwei Wochen dauern, bis ich diesen Zustand ändern kann. Ich bin wütend – auf mich selbst.«

»Oh – aber hier gibt es doch eine Menge zu erleben, und ganz umsonst.«

»Was denn, zum Beispiel?«

»Gehen Sie gern angeln?«

»Nein.«

»Schießen?«

»Nein.«

»Reiten?«

»Das nenne ich einen ausgesprochen billigen Sport.«

»Immer langsam. Wir haben's auch eine Nummer kleiner hier. Ich kenne einen Reitstall mit dem schönen Namen ›Scout‹. Eigentlich mehr eine Ranch, aber ich habe mein Pferd dort stehen, und es steht Ihnen jederzeit zur Verfügung. Sie brauchen nur Jackie anzurufen und zu sagen, daß sie es Ihnen bereitstellt.«

Es war vielleicht nicht ganz so toll, wie ich es darstellte, wenn Sie wissen, was ich damit meine. Ich habe tatsächlich ein Pferd dort stehen, und es heißt ›Count Ten‹, was Ihnen einen Begriff gibt über seine Herkunft. Aber jeder, der einem völlig Fremden, schon gar einer Frau, einen Vollbluthengst zum Reiten anbietet, müßte absolut wahnsinnig sein. Und selbst wenn ich ein bißchen verrückt bin – so verrückt nun auch wieder nicht. Sei's drum, sie würde den Unterschied vermutlich doch nicht merken. Abgesehen davon – für ein so hübsches Ding wie sie und ein 100 000-Dollar-Geschäft wäre ich bereit gewesen, Jackie anzurufen und ihr zu sagen, sie sollte ihr Bingo satteln. Bingo, der sie notfalls mit den Zähnen wieder in den Sattel rupfen würde, für den Fall, daß sie sich nicht von allein dort oben halten konnte. »Wenn Sie also gern reiten möchten – es wäre ein ausgesprochen billiger Zeitvertreib.«

»Sie machen sich erstaunlich viel Mühe mit mir.«

»Warum nicht? Ihr Mann war sehr nett zu mir.«

»Hätten Sie was dagegen, mir zu verraten, was nun eigentlich dahintersteckt?«

»Eine Versicherungsangelegenheit.«

Ihre Züge verhärteten sich. »Ich bin nicht im geringsten an Versicherungen irgendwelcher Art interessiert, und kann mir kaum vorstellen, daß mein Mann Sie gebeten hat, sich darüber mit mir zu unterhalten.«

»Sie sollten aber daran interessiert sein, und deshalb hat er mich zu Ihnen geschickt.«

Ich berichtete ihr, was er gesagt hatte, und faßte mich kurz, freundlich und beiläufig. Doch je mehr ich redete, desto mehr geriet sie in Rage, und es schien nicht mehr lange zu dauern, bis mir nur noch ein einigermaßen anständiger Rückzug übrigblieb. Da war irgend etwas, was ich nicht ganz kapierte, und ehe ich nicht dahintergekommen war, hatte es keinen Sinn, weiterzumachen. Als ich endlich die Klappe hielt, begann sie auszupakken. »Lassen Sie mich zuvor bemerken, daß alles, was mein Mann Ihnen gesagt hat, der Wahrheit entspricht. Er hat Ihnen absolut reinen Wein eingeschenkt – aber zugleich nicht den leisesten Hinweis dafür gegeben, warum er sich für diese Versicherung interessiert.«

»Und warum?«

»Das möchte ich erst einmal mit ihm selbst besprechen, wenn Sie nichts dagegen haben.«

Sie ging hinüber in ihr Schlafzimmer, und nach etwa einer Minute hörte ich sie telefonieren. Ich verstand nicht sehr viel von dem Gespräch, und was ich hörte, hatte ungefähr diesen Inhalt: ›Tom, das kannst du mir einfach nicht antun. Ich kann das nicht ertragen, und glaube mir, es hätte Folgen, die du nicht ahnst . . .‹ So oder so ähnlich. Das machte die Sache für mich natürlich ausgesprochen peinlich, denn was auch immer sie damit meinte, ich würde es in meinem Bericht erwähnen müssen – und damit hatte ich den Salat.

Es dauerte eine ganze Weile, ehe sie herauskam, und als es dann endlich so weit war, hatte sie einen Reitdreß angezogen. Kein Westernzeug, wie es die Mädchen in Nevada meist tragen, mit engen Jeans, bestickten Stiefeln und Cowboyhüten. Sie trug Breeches aus Kord, hohe, blankpolierte Reitstiefel, eine knapp taillierte Jacke, einen Derbyhut und Accessoirs, wie man sie an der Ostküste beim Pferderennen hat. Sie stand eine Minute lang schweigend da, zog sich die Handschuhe an und sagte dann: »Mr. Delavan wird mit Ihnen über die Versicherung sprechen. Anscheinend habe ich dabei ohnehin nicht viel zu sagen und kann höchstens ein bißchen protestieren, was mir auch nicht viel nützt – also reden wir nicht mehr davon, wenn es Ihnen recht ist.«

»Ja – aber da ist noch eine Frage.«

»Wollen Sie die nicht lieber auch mit ihm besprechen?«

»Ich wollte sagen, Harakiri ist nicht drin.«

»Wie meinen Sie?«

»Wir zahlen keinen Cent bei einem Selbstmord.«

»Darum ging es nicht.«

»Ich habe nur ein paar Worte von Ihrem Gespräch gehört – aber es klang danach.«

»Na schön, Sie zahlen also nicht – bei Selbstmord.«

»Ich wollte nur, daß Sie es von vornherein wissen. Sie und Ihr Mann.«

»Ich habe übrigens Ihr Angebot angenommen und Jackie angerufen. Sie besorgt mir ein Pferd. Darf ich mich jetzt entschuldigen? Es wird schon spät, und ich habe keine Lust, in diesem wilden Land noch nach Einbruch der Dämmerung draußen zu sein.«

»Haben Sie einen Wagen?«

»Ich nehme ein Taxi.«

»Nein – ich bringe Sie hin.«

Ich fuhr sie zur Ranch und versprach ihr, sie nachher abzuholen. Dann nahm ich Jackie beiseite und sagte, wenn es so aussehe, als ob sie wirklich was vom Reiten verstehe, könne sie gern den ›Count‹ haben. Danach brauste ich, so schnell ich konnte, zurück in die Stadt, ins ›Sierra Manor‹, um mit Delavan, ihrem Mann zu sprechen und herauszufinden, was das denn nun eigentlich sollte. Ich zog es vor, mich dort mit ihm zu unterhalten. Es war mir lieber als in meinem Büro, wo er mich am Vormittag aufgesucht hatte. Ich berichtete ihm, was sie gesagt hatte, forderte ihn auf, endlich die Karten aufzudecken, und nicht nur ein paar, sondern das ganze Blatt.

»Einen Augenblick, Mr. Horner. Ihr Ton paßt mir ganz und gar nicht. Sie tun so, als würde ich Ihnen gewisse Dinge absichtlich verschweigen.«

»Nun, genau das hat Ihre Frau behauptet.«

»Entschuldigen Sie, Mr. Horner, aber das zu beurteilen müssen Sie schon mir überlassen. Ich werde Ihnen sagen, worauf es ankommt.«

»Da irren Sie sich. Für solche Fragen bin eher ich zuständig. Was steckt denn nun hinter der ganzen Sache?«

»Die Annullierung unserer Ehe.«

»Und deshalb ist sie hier?«

»Nein. Deshalb bin ich hier.«

»Und was hat sie denn hier zu suchen?«

»Sie ist hier, um den für eine Scheidung erforderlichen, sechswöchigen Aufenthalt in Nevada nachzuweisen. Natürlich mit meinem Wissen und Einverständnis. Aber inzwischen hat sich die Situation bei mir entscheidend geändert. Ich habe nicht mehr die Absicht, mich von ihr scheiden zu lassen.«

»Warum diese plötzliche Sinnesänderung?«

»Die Dame, die ich heiraten will, ist dagegen.«

»Was hat sie denn damit zu tun?«

»Sie ist zwar Amerikanerin, aber die Enkelin eines anglikanischen Bischofs. Die Anglikaner haben ganz bestimmte, unverrückbare Vorstellungen über Scheidung und Ehe. Solange keine andere Möglichkeit dazu bestand, war sie bereit, auf die kirchliche Trauung zu verzichten, obwohl das für sie ein großes Opfer gewesen wäre. Aber als ich dann vor ein paar Wochen, kurz nachdem Jane in den Westen gefahren war, auch nur die leiseste Andeutung gemacht hatte, daß gewisse Gründe für eine Annullierung meiner Ehe mit Jane bestünden, änderte sie ihre Haltung schlagartig und verlangte von mir, daß ich in diesem Sinne jede Möglichkeit ausschöpfen sollte. Mit meinem Hinweis darauf habe ich mich in eine verdammt scheußliche Situation gebracht, nicht nur ihr gegenüber, sondern vor allem auch in bezug auf ihre Familie. Wenn es also auch nur entfernt im Bereich des Möglichen liegt, eine Annullierung zu bekommen, muß ich alles daransetzen und es versuchen.«

»Annullierung? Ja, wollen Sie damit sagen, daß Sie mit Ihrer Frau nur auf dem Papier verheiratet waren?«

»Nein. Aber es sieht so aus, als sei ihre erste Scheidung lükkenhaft oder sogar ungültig gewesen. Sie kennen vermutlich die Sache mit der unbekannten Ehebrecherin.«

»Ja, natürlich.«

»Nur, daß es sich in ihrem Fall keineswegs um eine Unbekannte handelte. Man hat Janes Dienstmädchen fünfhundert Dollar Strafe dafür bezahlen lassen.«

»Ist das Mädchen greifbar?«

»Ich habe sie heute vorladen lassen.«

»Als Zeugin?«

»Ja. Um sie zu zwingen, darüber auszusagen.«

»Aber was kann sie aussagen?«

»Daß der angebliche Ehebruch von Janes erstem Mann nicht der Wahrheit entsprach. Daß es eine Sache war, die gemeinsam von Jane, ihrem Mann und dem Mädchen ausgekocht worden ist. Und daß die ganze Scheidung ein abgekartetes Spiel war, das auf falschen Voraussetzungen basierte.«

»Nun, kein Wunder, daß Ihre Frau sauer ist.«

»Sie hat keinerlei Anlaß dazu.«

»Außer, daß sie in Wirklichkeit noch immer mit Ehemann Nummer eins verheiratet ist.«

»Lächerlich. Der ist doch längst neu verheiratet.«

»Dann ist er ein Bigamist.«

»Aber nur hier in Nevada und auf der Grundlage des in Nevada ergangenen Scheidungsurteils.«

»Und trotzdem haben Sie Schuldgefühle?«

»Sagen wir, es regt mich auf. Ja.«

»Und Sie wünschen diese Lebensversicherung zu ihren Gunsten abzuschließen, damit Sie sozusagen den Fluch abwenden? Damit Sie sich als Held fühlen, statt als Schurke?«

»Im Falle eines Falles – ja.«

Er begann zu stottern, dann sprach er plötzlich ganz schnell und stoßweise, blieb aber immer bei der Sache, wie ich wohl erkennen konnte. Ich meine, er rückte schließlich damit heraus, deckte den Grund auf, weshalb er mich heute vormittag gebeten hatte, diese 100 000-Dollar-Lebensversicherung abzuschließen. Er sagte, er habe trotz seines Namens recht wenig Geld zur Verfügung. Sein Name – als er ihn heute morgen nannte, hatte er wohl erwartet, ich würde augenblicklich in Ohnmacht fallen, wegen des ungeheuren Vermögens, das seine Familie dem Hörensagen nach besaß. Mir hatte der Name gar nichts gesagt, was wieder einmal zeigte, wie unwissend ich bin – oder wie groß das Land ist, in dem wir leben. So oder so – er besaß ein altes Kohlenbergwerk in West Virginia, das erst vor kurzem wiedereröffnet worden war, nachdem man eine neue Förderungsanlage erfunden hatte, die eine gewinnbringende, bessere Ausnützung des Bergwerks versprach. Und so bekam er plötzlich eine jährliche Dividende von ein paar tausend Dollar, mit denen er gar nicht mehr gerechnet hatte. Dieses Geld wollte er für die erste Prämie der Lebensversicherung verwenden, damit seine Frau wenigstens das erste Jahr nach der Annullierung einigermaßen geschützt war, womit er sein Gewissen zu entlasten hoffte. Ich fragte: »Und was wird im zweiten Jahr?«

»Da werde ich die Sache wohl fallenlassen.«

»Kann ich mir denken. Ich meine, was wird aus ihr?«

»Mr. Horner, soll ich denn mein Lebtag lang für diese Ehe büßen müssen? Jane und ich haben einen Fehler gemacht, aber zu einer Ehe braucht man immer zwei. Seien wir doch ehrlich – einmal muß man unter so etwas einen Schlußstrich ziehen. Jane ist eine gutaussehende, gebildete junge Frau, die sicher bald wieder heiraten und einem anderen Mann eine gute Gattin sein wird. Ich habe nichts dagegen, ich wünsche es ihr sogar von Herzen, ihr und ihm; alles, was das Leben ihnen Schönes bringen kann. Aber ich sehe nicht ein, daß ich dann auch noch für sie sorgen sollte. Mir kommt es nur darauf an, daß sie in der nächsten Zukunft gesichert ist – wie ich sagte, für alle Fälle. Bei einer solchen Annullierung ist weder eine Alimentenzahlung, noch irgendeine Abfindung üblich, da es sich dabei ja nur um die Erklärung handelt, daß die Ehe als solche nicht existiert hat. Aber sollte mir in der nächsten Zukunft etwas passieren, dann will ich Jane nicht unversorgt wissen. Beantwortet das alle Ihre Fragen?«

Das tat es, oder ich nahm es wenigstens an, auch wenn mir aufgefallen war, daß er mehr davon redete, sie zu schützen, als er es tatsächlich vorhatte. Ich meine, er redete sich vermutlich ein, daß er ihr ein Geschenk von 100 000 Dollar machte, ließ sie dafür aber weder verheiratet noch ledig zurück, sondern sozusagen in der Luft hängend, ohne daß sich irgendein Gericht auf ihre Seite stellen würde, denn es war schließlich eine der Spezialitäten unserer Gerichte, einschließlich unseres wundervollen, hundertprozentigen Obersten Bundesgerichts, solche Angelegenheiten bis in alle Ewigkeit hinauszuziehen. Andererseits vermochte ich aus meinem Blickpunkt nicht einzusehen, warum ich einschreiten und diesen Abschluß in irgendeiner Weise verhindern sollte, ob Mrs. Delavan nun dagegen protestierte oder nicht. Denn es ist praktisch unmöglich, einen Versicherungsagenten davon zu überzeugen, daß er jemandem nichts Gutes tat, indem er ihn zum Nutznießer einer Police gleich welcher Art machte. Erstens. Und zweitens hatte ich persönliche Gründe, über die ich lieber gleich sprechen will, für den Fall, daß es später noch einmal wichtig sein sollte. Meine Gesellschaft, die ›General Pan-Pacific‹ von Kalifornien, kurz ›Pan‹ genannt, überreicht dem erfolgreichsten Agenten alljährlich einen Pokal – wobei die jeweiligen Durchschnittszahlen zum Vergleich herangezogen werden, so daß ein Vertreter in einer Kleinstadt die gleichen Chancen hat wie ein Generalagent in einer Großstadt –, und ich hatte in meinen ersten Jahren, als ich fast noch ein Kind war, viermal hintereinander diesen Pokal gewonnen. Doch als Washington den höchsten Offiziersrang mit fünf statt vier Sternen versah, beförderte die Zentrale in Los Angeles auch ›General Pan‹, der bisher nur Pokale mit vier Sternen vergab. Der neue trug nun fünf Sterne, und den hatte ich bisher noch nicht ergattern können, doch ich wünschte es mir sehnlichst – als Geschenk, das ich mir selbst zum dreißigsten Geburtstag machen wollte. Mit dieser 100 000-Dollar-Police im Kasten sollte mir das fast im Spazierengehen gelingen. Und es war nicht meine Sache, ob der Vertrag dann im nächsten Jahr aufgehoben wurde oder nicht. Viele Policen werden nach einer gewissen Zeit ungültig oder gekündigt, und beim Pokalwettbewerb stand nichts davon in den Bedingungen. Wenn ich das Geschäft abschloß und Delavan die erste Prämie bezahlt hatte, war die Sache für mich gestorben. Also dachte ich, nachdem er mit seiner Erklärung am Ende war, kurz darüber nach, und sagte okay. Ich würde seinen Antrag so schnell wie möglich durchziehen und spürte geradezu, wie mein Herz vor Freude hüpfte. General-Fünfsterne-Pokal, hier bin ich.

2

Als ich zurückkam zur Pferderanch, hatte meine Freundin Mrs. Delavan meinen ›Count Ten‹ draußen im Gelände, und Jackie lehnte am Zaun und schaute ihr dabei zu. Sie hatte recht: es war sehenswert. Das Pferd war unter einem englischen Sattel, mit Kandare und Sprungriemen; meinen eigenen Western Sattel hatte Mrs. Delavan offenbar verschmäht. Und ob Sie es glauben oder nicht: Sie ließ ›Count‹ im Schritt gehen. Bei dieser Gelegenheit erfuhr ich, daß er wirklich im Schritt gehen konnte. Der ›Count‹ ist ein Grauer mit dunkler Mähne, dunklem Schwanz und einem etwas komischen Gesicht. Er ist auch ein Clown – einer, der herumtanzt und hüpft, aber niemals im Schritt geht. Ich brauchte mindestens eine Minute, um das Wunder ganz zu begreifen. Auf seinem Rücken saßen 105 Pfund Willensstärke, und die sagten ihm: geh. Also ging er. Im Schritt. Nach einer Weile bewegte sie ihre Beine, und der ›Count‹ verfiel in einen leichten Kanter. Es war wundervoll, zuzusehen, wie er gehorchte. Vor allem, da es ihm Spaß zu machen schien, wie sie mit ihm umging, was er ihr auch deutlich zu verstehen gab, mit jeder Bewegung, jeder Schrittänderung. Es machte ihm Spaß, jemandem zu gehorchen, der wußte, wie man ihn zum Gehorchen brachte. Sie ließ ihn in einen Trab verfallen, dann plötzlich, fast ruckartig, wieder in leichten Schritt, und kam zu mir herüber. »Was zum Teufel haben Sie mit diesem Pferd angestellt, Mr. Horner?« fragte sie.

»Ich hab' ihn geritten. Warum?«

»Er hat nicht mehr Manieren als ein wilder Affe.«

»Wieso – hat er mit dem Messer gegessen?«

»Ich glaube, Sie wissen überhaupt nicht, wovon ich rede.«

»Ganz einfach: Wir reiten miteinander los, und wir kommen miteinander zurück.«

»Aber das ist doch wirklich eine Schande! Das, was er von der Natur mitbekommen hat – sein Aussehen, sein Verhalten –, ist großartig. Aber was Sie ihm beigebracht oder nicht beigebracht haben, ist wirklich schandbar.«

Jackie deutete mit dem Finger auf mich, weil sie mir schon seit längerer Zeit damit in den Ohren lag, er wäre allmählich an der Zeit, dem Pferd etwas beizubringen. Ich zuckte mit den Schultern, und wir gingen in den Ring, wo die Oxer aufgebaut waren. Der ›Count‹ zeigte eine von diesen Hollywood-Western-Starts, wobei Staubwölkchen unter seinen Hufen zu sehen waren – ein Trick, mit dem ich die kleinen Mädchen zu beeindrucken pflegte. Ich fand es ganz nett, aber Mrs. Delavan riß ihn zurück, bevor seine Vorderläufe ein zweitesmal hochgehen konnten. »Das ist doch wirklich scheußlich.«

»Ich weiß nicht – mir gefällt der Trick.«

»Es müßte so etwas wie ein Pferdegericht geben, das Ihnen dieses Tier abspricht und in fachmännische Pflege gibt.«

Jackie hatte ihr gesagt, daß der ›Count‹ noch nie gesprungen war, also ließ Mrs. Delavan ihn erst dreißig Meter zurücktraben, gab ihm Zeit, sich den Oxer einzuprägen und zwang ihn dann in einen leichten Kanter. Als das Pferd kapiert hatte, worum es ging, riß sie die Hände mit den Zügeln hoch, beugte sich nach vorn, und Reiter und Roß nahmen das Hindernis mit katzenartiger Geschicklichkeit. Danach machten sie kehrt, und Mrs. Delavan ließ meinen ›Count‹ noch einmal das Hindernis betrachten. Das Pferd schnitt das komischste Gesicht, das ich je an ihm gesehen hatte. Dann trabten sie wieder auf den Ausgangspunkt zurück. »Legen Sie noch eine Stange drauf.«

Ich tat es, und die beiden nahmen das Hindernis so mühelos, daß ich schon um eine weitere Stange erhöhen wollte. »Einen Augenblick. Das müssen wir uns erst einmal einprägen.« Sie stieg ab, zündete sich eine Zigarette an, betrachtete das Pferd, und das Pferd betrachtete sie. Dabei tätschelte sie den ›Count‹, und er beschnupperte ihre Hände. Schließlich warf sie die Zigarette auf den Boden und trat sie aus. »Okay, los kann's gehen.«

Ich legte die Stange auf den Oxer, und sie ritt zum Startpunkt zurück und wendete. Dann ließ sie dem Pferd wieder viel Zeit, das Hindernis zu betrachten, ritt endlich los. Zum erstenmal schoß mir ein Prickeln der Nervosität über die Wirbelsäule. Sie kamen heran; sie ließ die Zügel locker und lehnte sich nach vorn, und das Pferd ging hoch. Jetzt fühlte man die Kraft, die in den Muskeln des Tieres steckte. Eine Kraft, die jetzt, genau im richtigen Augenblick, als geballte Ladung erschien. Und man fühlte, wie hoch der Sprung war.

Geschafft – man konnte kaum glauben, daß diese schlanken Beine imstande waren, dem ungeheuren Aufprall zu widerstehen. Aber sie waren es, und das Pferd trabte zum Auslauf. Erst jetzt sah ich das kleine Hündchen, nicht eher als sie und das Pferd es sahen. Mrs. Delavan versuchte auszuweichen, doch ›Count‹ spreizte die Vorderbeine und rammte sie in den Boden. Ich war bei ihr, als Reiter und Roß zu Boden gingen, aber sie hatte noch genügend Geistesgegenwart, sich vom Pferd abzustoßen und sicher zu landen. Ich kniete mich neben sie, und sie hatte offensichtlich nichts dagegen, daß ich ihr einen Arm um die Schulter legte. Dann setzte sie sich auf, öffnete die Augen, und ein entsetzlicher Ausdruck trat auf ihr Gesicht. Ich folgte ihren Blicken und sah, daß mein ›Count‹ immer noch am Boden lag, sah, daß Jackie auf ihn zugerannt kam. Jane Delavan sprang auf, ging zu ihm hin und legte ihre Arme um das Tier, wie ich es zuvor bei ihr gemacht hatte. »Na, mein Kleiner, du bist wohl vor dir selbst erschrocken.«

Sie streichelte und betastete ihn, Zentimeter für Zentimeter, befühlte seine Widerriste, Sprunggelenke und so weiter, und er erwiderte den Liebesdienst mit der Spitze seiner Nüstern. Aber alles war in Ordnung, und bald danach machten wir uns auf den Heimweg. Etwa auf der Hälfte der Strecke sagte Jane: »Ich würde sagen, ein Fünfjähriger.«

»Genau.«

»Dann ist er zum Glück noch jung genug.«

»Wozu?«

»Um zu lernen. Nun, ich bin ja vorläufig hier und könnte ihm etwas beibringen.«

»Er steht Ihnen jederzeit zur Verfügung. Was halten Sie von den Ställen?«

»Die sind in Ordnung.«

Als wir ins Hotel kamen, schoß ein blaugekleidetes Mädchen das bis dahin dem Liftgirl Gesellschaft geleistet hatte, quer durch die Halle auf uns zu und wedelte mit einem großen, blauen Umschlag durch die Luft. Eines von den jungen Dingern, wie man sie in England an allen Ecken und Enden bewundern kann. Rothaarig, mit schwarzen Augen, ziemlich hübsch und mit starkem Cockney-Akzent. Ich wußte genau, was in dem Umschlag steckte – wußte es von meinem Gespräch mit Delavan –, aber ich behielt meine Weisheit für mich.

Jane stand da, las das Schriftstück, und auf ihr Gesicht trat wieder jener geschlagene Ausdruck, von dem ich früher schon mal gesprochen habe. Es dauerte nicht lange, bis sie aufblickte und mir ihre Hand entgegenstreckte – zum Abschied. »Ich glaube, ich gehe jetzt erst einmal nach oben. Darf ich mich verabschieden?«

»Ich rufe Sie später an –«

»Ja, bitte. Rufen Sie mich an.«

Sie ging zusammen mit dem Mädchen nach oben, und ich

fuhr in mein Büro. Ich versuchte mich darauf zu freuen, daß mein ersehnter Pokal nunmehr in unmittelbare Nähe gerückt war – aber ich stellte fest, daß mir plötzlich gar nicht mehr so viel daran lag. Ich bemerkte, wie mich Linda, meine Sekretärin, aus den Augenwinkeln beobachtete. Ich sagte ihr, ich müßte nach Carson hinüber, um einen Vertrag abzuschließen, und würde heute nicht mehr zurückkommen. Woraufhin ich das Büro verließ und spazierenging.

Am Abend war ich ziemlich ruhelos und beschloß, ein bißchen auszugehen, um mich von Mrs. Delavan und dem, was damit zusammenhing, abzulenken. Ich spiele grundsätzlich nur dann Roulett, wenn ich nicht das Gefühl habe, ich könnte gewinnen. Aber wenn mir alles egal ist, riskiere ich gelegentlich einen zuvor festgelegten Haufen von Vierteldollarmünzen. Ist der Haufen verloren, gehe ich heim. Gewinne ich dagegen, spiele ich sozusagen mit dem fremden Geld weiter, mit viel System und wissenschaftlichem Gedöns, und danach fühle ich mich meistens besser. Ehe ich Jane Delavan traf, hatte ich schon drei oder viermal den Tisch oder sogar den Spielklub gewechselt. Das war auch eine meiner Angewohnheiten. Wenn man im Roulett eine Gewinnsträhne hat, gibt es bald eine Reihe von Spielern, die das bemerken und auf dieselben Zahlen setzen, und genau von diesem Augenblick an traue ich den ehrenwerten Croupiers nicht mehr voll und ganz über den Weg. Sie mögen noch so ehrlich sein, was man ja von ihnen behauptet, und was auch ich ihnen nicht anders nachsagen kann, aber ich halte es für riskant, sie auf diese Weise in Versuchung zu führen – eine Versuchung, der man nur sehr schwer widerstehen kann. Wenn die Einsätze gleichmäßig über das Feld verteilt sind, hat der Croupier keinen Anlaß, seine Kugel in bestimmter Weise zu beeinflussen. Aber wenn alle alles auf eine einzige Zahl oder auf eine bestimmte, kleine Zahlengruppe setzen, ist jedes Feld außer diesen wenigen ein Gewinn für die Bank, und es wäre doch zu dumm, wenn ich mir den Augenblick in einem sonst so ehrenwerten Croupiersleben aussuchte, in dem dieser einer leichten Charakterschwäche erlag. Also wechsle ich – um ganz sicher zu gehen. Ich wechsle den Klub, manchmal sogar die Straße, um allzu hartnäckige Mitsetzer abzuschütteln, und genau das hatte ich an diesem Abend bereits einige Male hinter mir, als ich sie erblickte. Sie machte einen mürrischen, übelgelaunten Eindruck, und ich dachte, das gehe auf mein Konto. Also schlenderte ich hinüber zur Bar, bestellte zwei von den Gratisdrinks für Spieler, kam zurück und reichte ihr eines der beiden Gläser.

»Vielen Dank, Mr. Horner – aber ich will Sie nicht aufhalten.«

»Wobei, wenn ich fragen darf?«

»Nun, ich hatte den Eindruck, daß Sie mir aus dem Weg gehen wollten.«

Ich erklärte ihr, weshalb ich in den anderen Klubs abgehauen war, und das schien ihre Stimmung zu bessern. »Das – das konnte ich ja nicht ahnen. Wissen Sie, ich selbst habe noch nie eine Glückssträhne gehabt.«

»Es ist nie zu spät und selten zu früh –«

»Ich habe schon zuviel Geld verloren.«

»Dann lassen Sie mich aushelfen.«

Ich nahm eine Handvoll von meinem Gewinn und ließ die Münzen klimpern. Sie wissen ja, in Reno wird man grundsätzlich mit Hartgeld ausbezahlt.

»Führen Sie mich nicht in Versuchung, Mr. Horner. Es ist eine meiner großen Schwächen. Wenn Sie noch lang mit Ihrem Geld herumklimpern, sage ich noch ja, aber – danach ist alles weg, darauf müssen Sie gefaßt sein.«

»Ich möchte es darauf ankommen lassen.«

Sie begann zu spielen, und es war das verrückteste Spiel, das ich je gesehen hatte. Sie schloß einfach die Augen und setzte irgendwo, völlig wahllos.

»He, he, he – so spielt man doch nicht Roulett.«

»Warum nicht? Es ist doch sowieso reine Glückssache.«

»Ja – aber ein bißchen System muß schon dahintersein.«

Ein Versicherungsmensch wie ich denkt zuerst, zuletzt und zwischendurch an Prozente, denn er betreibt sein Geschäft nicht aus reiner Wohltätigkeit für Witwen, Waisen und lästige Tanten, wie Sie vielleicht gedacht haben, sondern weil es sein Geschäft ist. Dabei hängt einiges vom Zufall, wesentlich mehr aber von Alter, Lebendgewicht und Beruf der beteiligten Personen ab, und ein echter Versicherungsmensch möchte Überraschungen weitgehend mit einkalkulieren. Also nahm ich die junge Lady an der Hand und zeigte ihr ein paar Dinge, zum Beispiel, wie man eine Pechsträhne abblockt, indem man sich zunächst ein genaues Limit setzt und nur kleine Fische fängt, mit der immerhin fünfzigprozentigen Chance, die Pech- in eine Glückssträhne zu verwandeln. Als das dann geschehen war, zeigte ich ihr, wie man die Einsätze ein bißchen verteilt, damit man nicht mit einer einzigen Kugel schon alles verloren hat, wie man aber im Fall einer Glückssträhne auch einmal etwas mehr wagt und ein bißchen höher setzt. Ich führte ihr vor, wie man einen Dollar auf das Feld für die Zahlen 1 bis 12, zusätzlich 50 Cent auf die Zahlen 1 bis 4 und 25 Cent auf die Zahl 1 legte. Wenn jetzt die Kugel tatsächlich in ein höheres Feld fiel, also höher als 1 bis 12, hatte man nur 1,75 Dollar verloren – und da man ohnehin mit dem fremden Geld spielte, nichts weiter riskiert. Aber wenn die Kugel auf eine Zahl von 1 bis 12 fiel, konnte man immerhin 2 Dollar einstreichen und hatte 25 Cent dazugewonnen. Fiel die Kugel auf die Felder 2, 3 oder 4, gewann man 2 Dollar für die ersten zwölf Zahlen und 4,50 Dollar für die ersten vier – und hatte 6,50 mehr. Blieb die Kugel obendrein noch in Nummer 1 liegen, gewann man nicht nur die 2 Dollar und die 4,50 Dollar, sondern auch noch 9 Dollar für die Zahl, und damit hatte man eine ganze Menge für einen lächerlich geringen Einsatz erreicht.

»Mit anderen Worten, wenn schon mal die Glücksfee neben Ihnen sitzt, müssen Sie auch wissen, wie man diese Dame behandelt. Aber so, wie Sie bisher zu spielen pflegten, konnten Sie ja nicht einmal wissen, wann sie neben Ihnen sitzt, und das ist schlecht. Denn wie alle Damen hat sie es nicht gern, wenn man sie nicht auf den ersten Blick erkennt.«

Sie schien begeistert und begann zu spielen. Es dauerte nicht lange, bis sie tatsächlich eine Glückssträhne erwischte, und wir machten weiter. Sie erhöhte die Einsätze, und ich ließ sie gewähren. Ich sammelte die Gewinne für sie ein, und meine Taschen waren bald so voller Münzen, daß ich mir wie ein Packesel vorkam, doch als sie drei 5-Dollar-Einsätze hintereinander verspielte, drehte ich mich um und ging weg.

»So hören Sie doch! Bitte, geben Sie mir Geld. Ich bin am Gewinnen, ich –«

»Also, der richtige Zeitpunkt zum Aufhören.«

»Sie sind abscheulich. Sie können doch nicht abstreiten –«

»Ich bin Ihr bester Freund, glauben Sie mir.«

Draußen auf der Straße, als ich eine Handvoll Münzen nach der anderen in ihre Handtasche schaufelte, daß sie sich zuletzt wie ein Koffer voller Ziegelsteine anfühlte, begann sie zu lachen. »Es ist wirklich eine törichte Leidenschaft. Auf einem Pferderücken bin ich kühl und überlegen. Und auch bei anderen Gelegenheiten stelle ich mich nicht gerade dumm an, das können Sie mir glauben. Aber wenn ich ein Spielkasino betrete, verliere ich offenbar den Verstand.«

»Vielleicht beruhigen Sie die zweihundertsiebenundzwanzig Dollar, die Sie eben gewonnen haben.«

»Ist es soviel?«

»Ja.«

»Gehen wir zu Fuß?«

Auf der Brücke kurz vor dem Hotel blieben wir stehen und schauten hinunter auf das Wasser, das im Mondlicht glitzerte, und als ich wieder aufblickte, sah ich jemand ganz anderen neben mir stehen. Ich meine, bis jetzt war sie für mich genau das gewesen, was mir ihr Mann beschrieben hatte – eine Lady aus guter Familie, die früher oder später wieder einen Mann fürs Leben kennenlernen würde, und deren Welt nicht die meine war. Jetzt dagegen kam sie mir plötzlich vor wie ein nettes, junges Mädchen – nicht großschnäuzig, nicht hochmütig, nur ein nettes, junges Mädchen, das mit einem jungen Mann auf einer Brücke stand.

»Wissen Sie, Mr. Horner, daß Sie heute etwas sehr Merkwürdiges getan haben?«

»Sie meinen heute abend, als ich Ihnen zeigte, wie man gewinnt?«

»Nein – heute nachmittag. Als wir stürzten, sind Sie zu mir gekommen – nicht zu Ihrem wundervollen Pferd.«

»Das ist doch ganz normal, finden Sie nicht?«

»Sie meinen, es war Ihre Pflicht?«

»Nun ja, sicher.«

»Trotzdem war es sehr nett.«

Sie wandte rasch den Blick ab, und ich kam mir wie Klein-Doofie vor, weil sie nichts weiter als ein bißchen im Mondschein flirten wollte, und ich ihr den Gefallen ruhig hätte erweisen können. Nicht, daß es mir unangenehm gewesen wäre, verstehen Sie mich nicht falsch. Aber ich mußte eine Versicherung abschließen, war sozusagen halb beruflich unterwegs. Und bevor der Vertrag nicht unterzeichnet, gesiegelt und zusammen mit einem medizinischen Gutachten in unserem Hauptbüro angelangt war, gab es für Ed Horner keine Romantik – auf welchen Brücken auch immer. Ich brachte Jane nach Hause und sagte ihr gute Nacht. Ein paar Abende später traf ich sie wieder und half ihr beim Gewinnen. Wir zogen von einem Spielkasino zum anderen, und unterwegs legte sie ihre Hand auf meinen Arm. Ich beobachtete, wie sie mich anschaute – als sei ich zwar ein völliger Trottel im Hinblick auf Pferde, hätte aber in anderen Disziplinen ein paar unleugbare Qualitäten aufzuweisen. Mittlerweile war Delavan von einem Vertrauensarzt untersucht worden, und ich hatte seinen Scheck in Empfang genommen und die ganzen Papiere nach Los Angeles geschickt. Nun fühlte ich mich freier und beschloß, sie anzurufen. »Was halten Sie von einem gemeinsamen Dinner heute abend, Mrs. Delavan?«

»Ja – mal überlegen. Was halte ich davon?«

»Überlegen Sie schnell.«

»Mein Dienstmädchen ist vorgeladen worden. Ach ja, ich erinnere mich, Sie waren dabei, als sie es mir sagte. Der Termin ist heute nachmittag um vier, und ich muß anwesend sein, weil ich ihre Bürgschaft übernommen habe. Sie ist Engländerin, wissen Sie.«

»Aber die Verhandlung wird doch nicht den ganzen Nachmittag und Abend in Anspruch nehmen.«

»Sicher nicht – danach bin ich frei.«

»Sagen wir, gegen sieben?«

»Ich freue mich.«

Ich ging zu der Verhandlung, um genau zu sein, und setzte mich ganz hinten in eine der Zuschauerbänke. Delavan war da, außer ihm Jane und natürlich das Mädchen. Dazu ein paar Anwälte. Das Ganze dauerte zehn Minuten. Das Mädchen wurde zu einer Geldstrafe von 250 Dollar verurteilt, und Jane blätterte die Scheine aus ihrer Handtasche auf den Tisch. Es machte mich ein wenig stolz, daß ich an Janes Solvenz nicht ganz unschuldig war.

Ich rechnete damit, daß sie abends ziemlich verärgert und nervös sein würde, aber sie zeigte keinerlei diesbezügliche Reaktionen, und wir gingen zum Essen ins ›Bonanza‹. Danach fuhr ich mit ihr nach Virginia City, in die alte Goldgräberstadt, um dort in einer Bar ein paar Kognaks zu trinken. Und anschließend machten wir einen Spaziergang über die Gehsteige aus Holzbohlen und betrachteten uns die Zeugnisse der amerikanischen Pionierzeit. Schließlich fuhren wir zurück nach Reno und spielten noch ein bißchen, und sie gewann, wenn auch nicht besonders viel. Zuletzt gingen wir zu Fuß in mein Büro, weil ich ihr den Stammbaum meines Pferdes zeigen wollte, damit sie wußte, wo es seinen edlen Gang her hatte. Als ich die Schreibtischlampe anknipste, sah Jane die Pokale und nahm einen davon in die Hand, um die Gravierung zu studieren. Dann sagte sie: »Sie sind wirklich ein komischer Kauz.«

»Warum?«

»So ein – Erfolgstyp.«

»Ist das komisch?«

»N-nein. Ich habe es als Kompliment gemeint.«

»Dann ist es okay.«

»Wissen Sie, meine bisherige Umwelt war so unbeschreiblich vornehm. Oder, mit anderen Worten, so stinkreich. Vornehme Reiche halten Erfolgsstreben für distinktives soziales Fehlverhalten.«

»Für – was?«

»Ich habe es nur gesagt, weil ich Ihr Gesicht danach sehen wollte. Sie finden es ungehörig. Aber, sagen Sie – Sie haben tatsächlich alle diese Pokale gewonnen?«

»Ja, und es macht mir auch weiterhin Spaß – damit Sie sich keinen falschen Vorstellungen hingeben.«

»Das gefällt mir an Ihnen.« Sie legte beide Hände an meine Wangen und hauchte mir einen flüchtigen Kuß auf den Mund. Ich schlang meinen Arm um sie, versuchte, sie näher heranzuziehen. »Nein, bitte nicht«, wehrte sie ab.

»Dann nicht – aber warum eigentlich nicht?«

»Ich bin immerhin noch verheiratet. Es könnte ein scheußliches Durcheinander geben. In jeder Beziehung.«

Als wir hereingekommen waren, hatte ich einen Zettel an der Tür vorgefunden. Man hatte versucht, mir ein Telegramm telefonisch durchzugeben. Und während Jane den Stammbaum studierte, rief ich beim Telegrafenamt an und erkundigte mich. Man las nur den Text vor, und ich prägte ihn mir ein. Das Telegramm kam aus Los Angeles.

DELAVAN-POLICE HEUTE AN SIE ABGESCHICKT STOP UEBERGABE BIS AUF WEITERE ANWEISUNGEN ZURUECKHALTEN STOP MR KEYES ANKOMMT MORGEN MITTWOCH ZEHN UHR VORMITTAGS YELLAND FIELD STOPP GRUESSE NORTON

Als ich sie schließlich ins Hotel gebracht, mich am Lift von ihr verabschiedet hatte und in meinem Appartement im Fremont-Hotel angekommen war, hätte ich die Wände hochgehen können. Ich fluchte, ich raste, ich stampfte durch die Zimmer, bis man mich vom Empfang aus anrief und fragte, ob etwas nicht in Ordnung sei. Danach versuchte ich es mit Alkohol, aber auch das half mir wenig. Zuletzt ging ich ins Bett, aber denken Sie bloß nicht, ich hätte schlafen können. Norton ist der Präsident der Gesellschaft und Keyes der Leiter der Reklamationsabteilung, ein Vogel, der erst kürzlich von einer anderen Norton-Gesellschaft zu uns gekommen ist, doch dieser Keyes befaßt sich mit allen Problemen, die bei der Unterzeichnung eines Vertrages auftreten können, und ohne daß ich mehr davon zu wissen brauchte, war mir klar, daß sein Kommen nur Ärger bedeutete. Und durch die Person dieses Keyes' wurde aus dem Ärger ein echtes Schlamassel, denn wenn es irgendeinen schiefen Punkt in einer Sache gab, dann würde er ihn finden und ihn hochspielen, sei es auch nur, um zu beweisen, was er für ein einmaliges Genie war.

3

Ich hatte ihn nicht mehr zu Gesicht bekommen, seit er vor einiger Zeit bei der Aufklärung von ein paar Schwindelfällen durch alle Zeitungen gegangen war, und obwohl ich immer wieder gehört hatte, wie er sich in den Vordergrund spielte, und die Reporter am Flugplatz mir eine Warnung hätten sein müssen, war ich doch nicht auf das vorbereitet, was da aus der Maschine auf mich zukam. Erstens mußte er an die fünfzig Pfund abgenommen haben, denn wenn man ihn auch jetzt noch nicht gerade als schlanken und ranken Cowboy-Typ bezeichnen konnte, sah er doch ausgesprochen großartig aus im Vergleich zu dem fetten, rosigen Ferkel, das er früher einmal gewesen war. Zweitens war seine Kleidung, vom schräg aufgesetzten Hut bis zum maßgeschneiderten Anzug, genau das, was ein männlicher Filmstar auf einer Präsentationsreise trug. Und drittens hatte er den gewissen Blick, der geradezu nach einer Kamera schrie. Er sah mich, winkte und gab sich dann überrascht angesichts der Reporter, die jenseits der Sperre auf ihn warteten. Auch ich konnte mir nicht vorstellen, wer ihnen seine Ankunft verraten haben mochte. Es dauerte rund zwanzig Minuten, bis er sämtliche Interviews hinter sich hatte – über die politische Lage, den wirtschaftlichen Ausblick und die steigende Verbrechensrate, eine Tatsache, von der jedermann Bescheid wußte und die nur mir entgangen zu sein schien. Danach fuhr ich ihn zum Washoe-Truckee, wo ich versucht hatte, ihm ein Luxus-Appartement zu reservieren, was mir nicht gelungen war, so daß er schließlich ein immerhin recht nettes Zimmer auf der Ostseite des Hotels bekam – und anschließend brachte ich ihn in mein Büro. Ich ließ ihn hinter meinem Schreibtisch Platz nehmen, legte ihm die Delavan-Akte bereit, verabschiedete mich, um ein paar Kunden zu besuchen, und sagte Linda, ich würde von Zeit zu Zeit anrufen, um zu erfahren, wann er bereit sei, mit mir zu sprechen. Als ich gegen fünf zurückkam, stellte sich heraus, daß Keyes beschlossen hatte, die Besprechung bis nach dem Dinner aufzuschieben. Ich mußte also Mrs. Delavan anrufen und meine Verabredung absagen. »Tut mir leid, aber ich habe Besuch bekommen, ein großes Tier aus der Zentrale, und fürchte, ich werde ihn nicht so schnell los.«

»Nun, Mr. Horner – ist Ihnen das wirklich so unangenehm?«

»Ja, das ist es.«

»Dann haben Sie vermutlich etwas vergessen.«

»Was?«

»Die Spielkasinos sind bekanntlich rund um die Uhr geöffnet. Warum eigentlich nicht später, *Ed?«*

»Ja, warum nicht?«

»Hängen Sie ihn ab, sobald es geht, und rufen Sie die Spieler-Jane an.«

Nach dem Dinner ging ich mit ihm ins Kino, und gegen elf gab es nichts Besseres für ihn, als ins Bett zu gehen. Fand ich. Also brachte ich ihn ins Hotel. Ich winkte ihm nach, als er in der Liftkabine nach oben glitt, und er war kaum außer Sicht, da stürzte ich schon ans Hoteltelefon.

»Aber, Ed, wer ist denn nun das große Tier?«

»Der Leiter der Abteilung Reklamationen.«

»Warum – ist irgendwas nicht in Ordnung?«

»Nein. Wieso fragen Sie?«

»Sie scheinen sich in Gedanken ausschließlich damit zu beschäftigen.«

»Ich beschäftige mich im Augenblick mit Ihren Farben.«

Sie trug eine enge Hose und einen Pelzumhang, dazu rote Schuhe, eine rote Handtasche und ein rotes Band um ihr offenes Haar. Bei ihrem Anblick war mir ein völlig neues Roulettsystem eingefallen, welches darauf beruhte, daß man stets auf Rot setzte. Ich verschwendete volle 18 Dollar darauf, ehe wir zu etwas Vernünftigerem zurückkehrten, doch Jane fand es großartig und vergaß alles ringsumher. Aber dann, als wir in ein anderes Kasino überwechselten, um die Pechsträhne zu unterbrechen, stand mein Herz einen Augenblick lang still, denn wer stand da an einem der Spieltische? Keyes. Ich zerrte Jane hinaus auf die Straße.

»Aber was soll denn – «

»Das große Tier aus der Zentrale!«

»Na und!«

»Ja, wissen Sie, es wäre mir lieb, wenn er mich hier nicht sehen würde.«

»Aber Sie tun doch genau dasselbe wie er.«

»Schon. Nur, daß er auf Reisen ist, und wenn er ein bißchen über die Stränge schlägt – na schön, das tun schließlich alle Geschäftsreisenden. Ich dagegen bin hier zu Hause, und es wäre mir nicht recht, wenn er den Eindruck bekäme, ich treibe mich jeden Abend beim Glücksspiel herum.«

Wir gingen ein Stück die Straße entlang; sie hatte ihre Hand auf meinen Arm gelegt, wie jetzt schon fast immer, doch sie ließ den Kopf hängen, als denke sie über irgend etwas angestrengt nach. Und bald darauf sagte sie: »Ich weiß nicht, aber ich habe ein ganz komisches Gefühl.«

»Wegen dem Rot-System? Es taugt nichts.«

»Nein. Wegen des großen Tiers aus der Zentrale. Ich fürchte fast, er hat sich weniger fürs Roulett als für mich interessiert.«

»Das ist doch lächerlich.«

»Sicher, es sieht so aus, und doch – «

Nach einer Weile blieb sie stehen und schaute mir ins Gesicht. »Jetzt hab ich's. Diese Versicherungssache ist noch nicht unter Dach und Fach, wie?«

»Hören Sie mal: Ich habe noch immer meine Pokale sicher nach Hause gebracht.«

»Und dieser Mann ist hier, um alles genau zu überprüfen, oder?«

»Es wäre möglich.«

»Schicken Sie ihn zu mir.«

»Wozu?«

»Vielleicht kann ich die Sache noch stoppen.«

»Ich bin nicht befugt, diesen Mann irgendwo hinzuschicken – weder zu Ihnen noch zu sonstwem. Wir haben es mit Mr. Keyes zu tun, der sich für einen berühmten Mann hält. Ich kann ihm nur raten, und vielleicht nimmt er meinen Rat an, vielleicht auch nicht. Außerdem habe ich vermutlich in den nächsten Tagen ohnehin genügend Scherereien mit ihm, daß ich auf zusätzliche von Ihrer Seite gut und gern verzichten kann.«

»Für Sie ist das alles nichts weiter als ein Versicherungsfall – ein Geschäft, nicht wahr?«

»Das stimmt.«

»Und die menschlichen Probleme, die damit verbunden sind, interessieren Sie überhaupt nicht.«

»Doch, Jane, aber was zum Teufel hat das mit der Versicherung zu tun?«

»Alles.«

»Das ist keine Antwort. Sie müssen es mir schon genauer erklären.«

»Das geht nicht.«

»Warum nicht?«

»Ich müßte andere mit hineinziehen.«

»Wen, zum Beispiel?«

»Ich möchte das nicht mit Ihnen diskutieren.«

»Dann läuft die Sache für mich eben weiter wie gehabt.«

Wir gingen ein paar Schritte, dann blieb sie wieder stehen und packte mich direkt unter den Breitstrahlern der Virginia Street an den Aufschlägen meines Sakkos. »Ed, können Sie mir nicht einfach glauben?«

»Ich fürchte, nein.«

»Bin ich eine Frau, die sich alles mögliche einbildet?«

»Das würde ich nicht behaupten.«

»Warum wollen Sie mir dann nicht glauben?«

»Möchten Sie wirklich die Antwort wissen?«

»Natürlich.«

»Weil ich Pokal Nummer fünf haben will.«

Ich erzählte ihr alles über den Wettbewerb und über den Pokal mit den fünf Sternen. Ihre Augen wurden feucht und funkelten im Licht. »Aber das – das ist doch kindisch.«

»Wie fast alles im Leben.«

»Hören Sie, Ed – ich weiß, daß dabei schreckliche Dinge auf dem Spiel stehen.«

»Und was sind das für – schreckliche Dinge?«

»Es wäre vielleicht komisch, wenn die Sache keinen so ernsten Hintergrund hätte.«

Sie legte direkt vor dem Hotel ihren Arm um mich, und dann küßte sie mich, diesmal warm und voller Verlangen. Es war der erste richtige Kuß, den ich von ihr empfangen hatte. »Sie mögen mich doch gern, Ed, das haben Sie doch schon gesagt?«

»Ich glaube sogar, ich habe mich in Sie verliebt.«

»Das glaube ich fast auch.«

»Jane, haben Sie sich in mich verliebt?«

»Ich leide momentan noch an einem schwer geknickten Herzen, und man kann nicht einfach alles vergessen und sich neu verlieben, so, wie man einen neuen Hut aufsetzt. Aber ich fühle mich wohl in Ihrer Gesellschaft, also nehme ich an, daß da durchaus etwas im Busch ist. Und jetzt hören Sie mal zu: Wenn Sie mich schon lieben, wie Sie sagen, könnten Sie da nicht meinetwegen dieses eine Geschäft fahren lassen und Tom mitteilen, daß die Idee mit der Versicherung undurchführbar ist? Ich habe meine Gründe, weshalb ich Sie darum bitte. Wenn Tom erst merkt, daß das mit der Versicherung nicht klappt, bekommt er vermutlich einen Riesenschreck und läßt seinen Plan, den er sich zurechtgelegt hat, sausen. Wissen Sie, Toms Problem besteht darin, daß er niemals etwas wirklich ernst nimmt. Ob es sich ums Heiraten, um das Polospiel oder um seine Arbeit handelt – es ist immer dasselbe. Für ihn ist das alles nur Spielerei. Selbst aus dem Ende seiner Ehe muß er noch ein Gesellschaftsspiel machen. Aber er ist ein Kind in solchen Dingen, und wie ein Kind ist er in der Lage, wirkliche Angst zu empfinden. Wenn das mit der Versicherung schiefgeht, hat er solche Angst, daß er die ganze Farce einfach sein läßt. Versprechen Sie mir, daß Sie den Vertrag nicht abschließen, und wir gehen hinauf in mein hübsches, kleines Appartement, trinken Kaffee, und Sie können sich mit der Quizfrage beschäftigen, warum ich das Bedürfnis habe, Ihnen mit den Fingern über das Haar zu streicheln.«

Ich dachte nicht daran, es ihr zu versprechen, doch ich küßte sie, und ich kann mir zwar alles mögliche vormachen, aber ich weiß jetzt, und ich wußte auch damals, daß sie diesen Kuß als Versprechen auffaßte. Nun, warum ging ich dann nicht mit ihr nach oben, trank Kaffee, erlebte eine jener romantischen Stunden und brachte die Angelegenheit nicht mehr ins Gespräch, statt ihr klarzumachen, wie ich zu der Sache stand? Ich glaube, ich habe es Ihnen schon gesagt, ein Versicherungsagent ist der Meinung, er tut seinen Kunden etwas Gutes, wenn er sich bemüht, eine Police zu ihren Gunsten abzuschließen – sei es nun für ein Jahr oder für immer. Und in diesem Augenblick war ich zu dem Ergebnis gekommen, daß alles, was sie sich da zusammengereimt hatte, nicht viel bedeutete, wenn sie sich erst einmal diesen Delavan ganz aus dem Kopf geschlagen hatte. Sicher, ich gebe zu, daß mich der Pokal immer noch reizte, und ich wollte nicht einsehen, warum ich nicht beides haben konnte, sie und den Pokal. Zumindest konnte ich erst ein paar schöne Stunden mit ihr verbringen und die Arbeit später erledigen, mit all ihren Haken und Ösen. Okay, okay, ich sage es noch einmal: Ich wollte diesen verdammten Pokal!

Und ob Sie's glauben oder nicht: Ich berichtete Keyes alles, was über die Sache gesprochen worden war, als er am nächsten Morgen nach seiner Unterredung mit Delavan in mein Büro kam. Aber so, wie ich es ihm berichtete, indem ich natürlich das mit dem Versprechen sorgfältig aussparte, war mir klar, daß ich ihm vielleicht die Wahrheit, aber nicht die volle Wahrheit sagte, und daß ich im Grunde nur versuchte, den Antrag durchzudrükken. Ich redete mir ein, daß das andere rein persönlicher Natur sei, was immer das bedeuten mochte, und daß es außer mir niemanden etwas anging. Keyes hörte mir kaum zu.

»Ich sehe nur folgendes«, sagte er. »Ein Playboy erlebt mal

wieder eine seiner grundlegenden Wandlungen und hat sich einen netten Plan zurechtgelegt, wie er der Verflossenen ein ebenso nettes Trostpflästerchen verpaßt zum Ausgleich für die Gemeinheit mit der Annullierung seiner Ehe.«

»Genau das ist auch meine Meinung.«

»Und die Sache hat noch einen anderen Aspekt.«

»In welcher Hinsicht, Mr. Keyes?«

»In seinen Klubs, oder wo er auch immer verkehrt, ist bekannt, wie wenig sie bekommt, vor allem, da er selbst ja immer zugibt, daß es eigentlich gar nichts ist. Und er hat zweifellos dafür gesorgt, daß es sich herumspricht. Wenn er jetzt also das mit der ›sechsstelligen Versicherungssumme‹ verbreitet, die er ihr freiwillig zugesteht, wird es sich ebenfalls in Windeseile herumsprechen. Und wenn man es erst weiß, kann er die Sache ruhig vergessen. Er hat sein Gesicht gewahrt, den guten Ruf gerettet, und nach einem Jahr ist der Fall für ihn gelaufen. Wie er selbst sagt, wird sie vermutlich früher oder später wieder heiraten. Er schlägt sich selbst auf die Schulter und versichert sich, was er doch für ein edler Charakter ist. Und dabei kann es durchaus sein, daß er damit lediglich Einkommensteuern spart.«

»Sie glauben offensichtlich nicht an das Edle im Menschen.«

»Mit einem Wort: nein.«

»Und wie schätzen Sie das Verhalten von Mrs. Delavan ein, Mr. Keyes?«

»Nun, wer betreibt denn die Annullierung der Ehe?«

»Sicher, ich verstehe – aber was hat das damit zu tun, daß sie versucht, den Abschluß der Versicherung zu blockieren?«

»Es ist gar nicht so dumm, wenn man diesen Delavan erst einmal persönlich kennengelernt hat. Sie glaubt vermutlich, wenn man ihm keine Gelegenheit zu einer noblen Geste gibt, sieht die Affäre so gemein aus, daß selbst der leichtfertige Delavan nicht den Mut hat, sie in seiner Weise zu beenden. Ed, hören Sie, dieser Delavan ist im Grund ein Narr. Und sie kennt ihn ganz genau. Sie hat zweifellos ihre Gründe, weshalb sie sich so verhält. Sicher, wenn da jemand wäre, der ihm einen Anlaß zu seinem Verhalten liefern würde, dann sähe die Sache für ihn wesentlich besser aus. Doch das können wir glücklicherweise ausschließen – oder?«

»Ich weiß nicht – können wir das?«

»Das müßten Sie doch am besten wissen, nicht wahr?«

»Was habe ich damit zu tun?«

»Na ja, Sie gehen mit ihr aus ...«

»Sicher – rein geschäftlich.«

»Und Sie schmusen auch rein geschäftlich mit ihr – direkt vor ihrem Hotel?«

»Wer behauptet das?«

»Ich habe Sie beide beobachtet ... Sie ist so auffallend und attraktiv, daß ich mich am Empfang nach ihr erkundigt habe. Aber schön. Wenn sie mit Ihnen herumpussiert, hat sie höchstwahrscheinlich momentan keinen anderen Liebhaber.«

»Das alles hat sich erst entwickelt, nachdem sein Antrag bereits eingereicht war.«

»Ich habe ja gar nichts dagegen.«

»Irgendwie hänge ich an ihr, das stimmt.«

»Ich muß gestehen, ich selbst kenne das nicht. Ich bin in dieser Beziehung vielleicht etwas voreingenommen. Sicher, ich weiß, daß ich mich nur hinzugeben brauchte, und schon wäre es so weit, schon käme alles schön der Reihe nach, Kapitel für Kapitel. Geschichten dieser Art sind wundervoll, wenn man sie von außen betrachtet, Ed. Ganz wundervoll. Von innen dagegen sind sie meist alles andere als das.«

Keyes hatte die Versicherungsgesellschaft dahin gebracht, daß alle Verträge, die über eine sechsstellige Summe lauteten, automatisch genauer überprüft wurden, ganz gleich, ob ein Haken dabei war oder nicht. Das bedeutete, daß er sich erst einmal die Zeit vertreiben konnte, bis der Bericht aus New York eingetroffen war. Und das bedeutete ferner, daß ich die Aufgabe hatte, ihm diese Zeit auf möglichst angenehme Weise zu vertreiben – aber ich konnte einfach nicht anders, ich mußte Jane anrufen und ihr sagen, daß ich sie später unbedingt treffen wollte. Gegen fünf Uhr nachmittags rief mich Keyes im Büro an, und nach seinem Gestotter fragte ich mich, was er *wirklich* von mir wollte. »Sagen Sie, Mr. Keyes, ich habe den Eindruck, daß Sie irgend etwas vorhaben, und –«

»O nein, ganz und gar nicht, aber – «

»Rücken Sie schon raus damit.«

»Ich möchte jemanden einladen.«

»Oh, oh, oh.«

»Nicht das, was Sie meinen. Sie ist verheiratet, steinreich und will nichts von mir wissen. Aber sie sieht prima aus, und ich dachte – «

»Wer ist sie?«

»Sie kennen sie nicht. Sie kommt von den Bermudas.«

»Passen Sie auf: Wenn sie zu schmelzen beginnt, wird's gefährlich.«

»Nein, Sie ist rein geschäftlich hier – sie kauft Spielmarken.«

»Dann ist sie die längste Zeit steinreich gewesen.«

»Sie kann es sich leisten.«

»Bitte – tun Sie mit ihr, was Sie nicht lassen können.«

»Sagen Sie, könnten wir nicht auch – Ihre hübsche neue Freundin einladen, Ed?«

»Ich fürchte, sie wird nicht sonderlich begeistert sein.«

»Ed, darf ich noch etwas sagen?«

»Jederzeit.«

»Aber es ist rein persönlich.«

»Okay.«

»Passen Sie auf.«

»Das gilt auch für Sie – und für die meisten von uns.«

»Über mich brauchen Sie sich keine Gedanken zu machen,

mein junger Freund. Aber Sie – Sie sind auf dem besten Weg, etwas anzufangen, was Sie nicht mehr stoppen können.«

Am Abend fuhr ich mit Jane nach Carson, und sie war begeistert, denn Carson ist die kleinste Hauptstadt eines Staates, die es auf dieser Erde gibt, und Jane sagte, es sei, wie wenn man auf Zehenspitzen durch ein Puppenhaus geht. Nach dem Dinner im ›Arlington‹ fuhren wir über die Bridgeport Road, denn dort oben in den Wäldern der Sierra, jenseits der Grenze von Kalifornien, konnte man häufig Rotwild und andere Tiere beobachten, und sie meinte, das würde ihr Spaß machen. »Ich glaube, meine Probleme sind demnächst gelöst«, sagte sie. »Und zwar schon früher, als ich gedacht habe. Und bevor Tom oder ich unsere sechs Wochen hier abgesessen haben.«

»Wie schön für dich.«

»Es ist nämlich eine gewisse Lady in Reno angekommen.«

»Mach es doch nicht so spannend!«

»Die gegenwärtige Frau meines früheren Mannes.«

»Warum ist sie hier? Um Tom zu bewegen, daß er den Plan mit der Annullierung aufgibt?«

»Einen anderen Grund kann ich mir nicht denken.«

»Wie heißt dein früherer Ehemann – wenn wir schon darüber sprechen?«

»Richard Sperry.«

»Nie gehört.«

»Er war ziemlich bekannt, damals, als ich ihn heiratete. Sein wissenschaftlicher Ruf als Erdöl-Experte ist gut und anerkannt. Und durch ihr Geld hat er diesen Ruf noch festigen und international verbreiten können. Ich bin sicher, ihre harten Dollars werden die letzten Kapitel dieser leidigen Geschichte bestimmen.«

»Du meinst, sie wird Tom ein – finanzielles Angebot machen?«

»Davon bin ich überzeugt.«

»Und wird Tom darauf eingehen?«

Sie sprach ausführlich über die sogenannte gute Gesellschaft, und was man in diesen Kreisen nicht alles für Geld zu tun bereit ist, und zuletzt war ich auch der Überzeugung, daß Freund Tom Delavan käuflich war, vielleicht sogar für einen vergleichsweise niedrigen Preis. Wir sahen ein Reh und ein leuchtendes Augenpaar, das wir für einen Puma hielten, obwohl die meisten Pumas, wenn Sie mich fragen, wie Kojoten flüchten würden, wenn man ihnen aus dem Auto einen Stein nachwirft. Sie nahm meine Hand und drückte sie fest. »Ja, ich glaube, wir können davon ausgehen, daß die kleine Connie nicht nur deshalb von den Bermudas hierhergeflogen ist, um mir Gesellschaft zu leisten.«

»... dein früherer Mann lebt auf den Bermudas?«

»Hab' ich das nicht gesagt? Er ist Geologe bei einer der großen Ölfirmen.«

»Ich wußte gar nicht, daß es auf den Bermudas Öl gibt.«

»Die Bermudas sind seine Ausgangsbasis. Man kann schließlich nicht auf die Dauer in Venezuela leben. Es ist viel zu heiß, und außerdem bekommt man die Malaria.«

»Und wie, meinst du, ist sie hinter diese Sache mit der Annullierung gekommen?«

»Durch dieses kraushaarige Dummerchen.«

»Die Verlobte deines Mannes?«

»Die inzwischen überall damit hausieren gegangen ist.«

»Auch auf den Bermudas?«

»Die sind doch praktisch ein Vorort von New York.«

»Trotzdem – sie muß ziemlich schnell in ihren Entschlüssen sein, diese Connie.«

»Was ist los mit dir, Ed?«

»Nichts.«

»Ärgert es dich, wenn ich über Dick spreche?«

»Keineswegs.«

»Aber ich fühle, daß etwas an dir nagt.«

»Ich sage doch, es ist nichts.«

Wir fuhren zurück nach Reno, und ich brachte sie bis zum Hotel, nicht weiter. Die Bermudas, die Versicherungspolice und die neue Begleiterin von Keyes – das alles war mehr als reiner Zufall.

4

Man sagt, ein Zebra grast in aller Gemütsruhe weiter, solange es den Löwen im Auge behält. Aber wenn es ihn nicht sehen, sondern nur hören kann und nicht weiß, woher das Geräusch kommt, wird es so nervös, daß es weder fressen noch flüchten noch stillstehen kann. Das gleiche galt für mich und Keyes. Als er am folgenden Tag weder in mein Büro kam noch mich anrief, hielt ich es bis zum Mittag aus, doch dann mußte ich herausfinden, was er machte. Ich fuhr also ins Hotel und traf ihn beim Friseur. Der Meister machte sich an seinem Haar zu schaffen, ein Schuhputzjunge polierte ihm die Schuhe und ein Maniküremädchen die Fingernägel. Als ich meine Gucker vor Überraschung weit aufriß, tat er so, als sei gar nichts geschehen, obwohl man an der Art, wie ihn das Mädchen traktierte, genau erkennen konnte, daß er sich noch nie zuvor in seinem Leben eine Maniküre geleistet hatte. Ja, ich fragte mich sogar, ob er schon jemals seine Schuhe von einem Schuhputzer hatte polieren lassen.

Als die Prozedur dann endlich vorüber war und Keyes glänzte, duftete und mit den Schuhen knirschte, gingen wir hinaus in die Hotelhalle, und er fragte mich, ob er meinen Wagen haben könne.

»Nachdem ich hier absolut untätig herumsitzen muß, bis ich

etwas aus New York gehört habe, möchte ich Mrs. Sperry ein bißchen herumfahren, und wenn Sie uns begleiten wollen – «

»Hier sind die Wagenschlüssel.«

»Aber wenn Sie ihn selbst brauchen, kann ich mir auch einen Wagen mieten.«

»Sie? In irgend so einem klapprigen Ding?«

»Oh, ich kann ganz gut autofahren.«

»Aber angesichts des unbezahlbaren Verlustes, den unsere Gesellschaft erleiden würde, wenn Ihnen –«

»Ja, Sie haben vielleicht recht.«

Er sagte es todernst, und mein Grinsen fror rasch ein, obwohl ich den Witz gar nicht so schlecht gefunden hatte. Aber ich merkte mir die kleine Szene und verwahrte sie in meiner Erinnerung, damit ich beim nächsten Bankett der Gesellschaft etwas zum Besten geben konnte. Kurz darauf erklärte Keyes: »Sie kennt das Land hier recht gut und möchte mir einiges zeigen: die alten Minen von Goldfield und Tonopah und Virginia City – es sind Geisterstädte, nicht wahr?«

»Sie waren es – bis die Buschfeuer alles Geisterhafte vernichtet haben.«

»Eine außergewöhnliche Frau, Ed. Und ungewöhnlich verständnisvoll. Ich habe mit ihr ein wenig über das Problem gesprochen, das Sie bedrückt.«

»Tatsächlich? Ich muß sagen, das überrascht mich.«

»Oh, natürlich habe ich keinen Namen genannt.«

»Dann ist es freilich etwas anderes.«

»Sie ist wie ich der Meinung, daß man bei ganz großen Sachen instinktiv weiß, was man denkt, ohne merkbare Verwirklichung. Ein wundervoller Ausdruck, Ed.«

»Wir hier auf dem Land nennen das eine Ahnung.«

»Ihre Ansichten stimmen mit den meinen fast immer haargenau überein.«

»Oder bestätigen sie.«

»Ja . . . Was haben Sie gesagt?«

»Ich frage mich, was sie von unserem Problem hält.«

»Genau dasselbe wie wir. Sie fand meine hellseherische Fähigkeit, die Dinge zu erfassen, ganz erstaunlich – wie sie sich ausdrückte –, und ich habe ihr das Problem genau dargelegt. Sie meinte: ›Sicher, theoretisch wäre es vielleicht schrecklich aufregend, wenn ich spürte, wie sich mir irgend jemand nähert und mich an der Schulter berührt. Aber ich reagiere anders. Ich fühle überhaupt nichts dabei. Alles, was ich sehe, ist ein etwas pathetischer Junge, der auf dumme, billige Weise den großen Mann spielen möchte.‹ Ja, so hat sie es ausgedrückt.«

»Also haben wir es mindestens mit drei nüchternen Menschen zu tun: Mrs. Sperry, Sie und ich.«

»Wir müssen weg, Ed. Mrs. Sperry wartet.«

»Ganz zu schweigen von der ehemaligen Mrs. Sperry.«

»Wer ist das?«

»Jane Delavan – sie wartet nämlich auf mich.«

»Mrs. Delavan ist die ehemalige Mrs. Sperry?«

»Na, endlich haben Sie es kapiert.«

Er ließ sich in einen Ledersessel sinken, und ich folgte seinem Beispiel. Ich sah, wie er in Gedanken noch einmal seine Gespräche mit der Sperry durchging und sich überlegte, was er ihr und was sie ihm gesagt hatte, und so weiter. Schließlich erklärte er: »Es geht mich ja eigentlich nichts an, weshalb sie hier ist, oder, Ed?«

»Das kann ich nicht beurteilen.«

»Und es geht sie ebensowenig an, weshalb ich hier bin.«

»Keine Ahnung.«

»Wissen Sie, was ich glaube?«

»Nein, aber ich hätte es gern gewußt.«

»Sie hatte keine Idee, was ich ihr da erzählte.«

»Warum – was haben Sie ihr denn noch alles erzählt?«

»Na – das mit Delavans Versicherung.«

»Und sie hatte keine Ahnung, über wen Sie da sprachen?«

»Wissen Sie, Ed, ich pflege meine Erklärungen möglichst einfach zu halten.«

»Aber diese Erklärung, möchte ich sagen, ist an der Grenze dessen, was ich als einfach bezeichnen würde. Wenn Sie nach allem, was Sie ihr erzählt haben, noch glauben, sie hätte keine Ahnung, über wen Sie da gesprochen haben – das heißt, wenn Sie die Kohlenzeche erwähnt haben, die – «

»Autsch – das habe ich vergessen.«

»Es ist völlig undenkbar, daß sie nicht sofort erriet . . . Mr. Keyes, wenn Sie ihr das tatsächlich gesagt haben, dann wollte sie Ihnen nur deshalb nicht eingestehen, daß sie ganz genau wußte, um wen es da ging, weil sie es nicht für ratsam hielt. Aber damit nicht genug. Sie haben es ihr nämlich gar nicht erzählt. Nein, sie hat es Ihnen buchstäblich aus der Nase gezogen, wenn Sie mich fragen. Sie –«

»Nein, nein, Ed. Das schafft niemand. Nicht bei mir.«

»Okay. Sie sind verschwiegen wie das Grab, ich verstehe.«

Er blieb noch zehn Minuten sitzen und dachte nach. »Aber worin besteht dann ihr Interesse? Ich meine, was bedeutete es schon für sie, ob Delavan nun diese Versicherung abschließt oder nicht? Sie hat nicht versucht, mich in irgendeiner Weise zu beeinflussen.«

»Immerhin ist sie hier, um die Annullierung zu verhindern.«

»Okay, jetzt kommen wir endlich einen Schritt weiter.«

»Fragt sich nur, wohin.«

»Wenn sie hier ist, um die Annullierung zu verhindern – mit welchen Mitteln will sie das denn – «

»Mit Barschecks.«

»Sie meinen, sie könnte Delavan bestechen?«

»Aber Mr. Keyes, was für ein hartes Wort!«

»Das meinen Sie doch, oder?«

»Ja, haben Sie denn gedacht, er ist zu vornehm, um Geld anzunehmen?«

Ich ging mit ihm hinaus zu meinem Wagen, und er blieb

davor stehen, weil er noch immer über etwas nachdachte. »Ich glaube, jetzt hab' ich's, Ed. Mrs. Delavans Scheidung war eines von diesen typisch britischen Zehn-Minuten-Verfahren, bei denen man bezeugt, den Partner in flagranti erwischt zu haben – und das klappt auch, solange alle Beteiligten mitmachen. Doch Gott steh mir bei, wenn einer davon nachträglich die Flinte ins Korn wirft. Ein britisches Gericht wird das Verfahren neu eröffnen, und wenn es darauf ankommt, Betrug, Verächtlichmachung des Gerichts, Fälschung von Beweisen, betrügerisches Komplott und alles mögliche aufs Tapet bringen und den Spruch rückgängig machen. Delavan hofft, daß es dazu kommt. Mrs. Sperry jedoch hat andere Vorstellungen, denn sie sähe es nicht gern, wenn ihre Ehe wegen den Launen eines Playboys in die Brüche gehen würde. Und das ist der Grund, weshalb sie hier ist – wenn Sie mich fragen.«

Ich zeigte ihm, wie man den Wagen anläßt, und ging dann schnell weg. Ich weiß nicht, warum ich so auf hartgesotten gemimt hatte, vor allem, da es nach dem Blatt, das ich in Händen hielt, eher unpassend gewesen war. Aber manchmal macht es einem eben Vergnügen, selbst wenn es gegen die eigenen Interessen geht, einen Burschen wie Keyes ein Stück von seinem Postament herunterzustoßen, vor allem, wenn er sich so töricht verhalten hat und danach noch tut, als sei das alles gar nichts. Abgesehen davon: Ganz gleich, ob es nun gegen die Versicherung oder gegen meine eigenen Interessen war – hier ging irgend etwas vor sich, was ich nicht begriff, und mein Magen sagte mir, daß es alles andere als koscher war.

Das Wochenende versprach großartig zu werden. Jane und ich wollten die Zeit mit den Pferden verbringen, und Keyes würde vermutlich in Begleitung von Mrs. Sperry die Landstraßen unsicher machen. Doch als er sie dann am Samstagvormittag in mein Büro brachte, weil er Karten für das Fußballspiel in der Universität besorgen wollte, sah es schon nicht mehr ganz so großartig aus. Mrs. Sperry war nicht unbedingt mein Typ, aber ich konnte sehen, was Keyes an ihr so gut gefiel. Sie war etwas älter als Jane, knapp unter dreißig, klein und mollig, aber nicht fett. Immerhin, in dem blauen Kleid mit weißen Punkten, den hellen Schuhen, Hut und Handtasche und dem Pelzcape fiel sie keineswegs unangenehm auf, und ihre weichen Bewegungen erinnerten irgendwie an eine Katze. Vielleicht lag es auch an ihren Augen. Ihr Gesicht war rund, mit Pausbäckchen und Grübchen, einen kleinen Kirschenmund und einer Stupsnase. Ihr Haar war hellblond und ihre Augen hellgrau und funkelnd wie bei einem Leoparden.

Sie sah zweifellos ungewöhnlich aus, das mußte man ihr zugestehen, und als sie mich anlächelte, die Pokale betrachtete und ein paar nette Worte zu Linda sagte, wirkte sie durchaus anziehend und sympathisch. Nach ein paar Sätzen über das Fußballspiel erklärte sie: »Wie ich höre, haben Sie eine Verabredung mit der kleinen Jane Delavan.«

»Ja, wir wollen ein bißchen reiten.«

»Nettes Mädchen.«

»Sie kennen sie?«

»Nun – das zu erklären, wäre etwas kompliziert. Aber ich habe sie hier und da gesehen und viel über sie gehört – und wir haben eine Reihe von gemeinsamen Bekannten.«

»Soll ich Jane Grüße von Ihnen bestellen?«

»Ich glaube, es würde sie freuen, daß ich sie nett finde. Aber wenn Sie es schon erwähnen, sagen Sie bitte nicht, daß Sie es direkt von mir gehört haben.«

»Okay«.

Ich fragte mich allerdings, wie ich überhaupt mit Jane darüber sprechen konnte, denn das würde bedeuten, daß ich auch Keyes erwähnen müßte, und Janes nächste Frage wäre, was er hier eigentlich die ganze Zeit über zu suchen hatte. Eine Überlegung, die ich mir hätte sparen können, denn Jane kam beim

Mittagessen selbst darauf. »Ed, ich frage dich noch einmal, was dieser Mann hier eigentlich zu suchen hat.«

»Er ist geschäftlich hier.«

»Und was macht er mit ihr?«

»Vielleicht mag er sie.«

»Und sie mit ihm?«

»Wer weiß – vielleicht mag sie ihn auch.«

»Das wäre noch kein Grund für Connie.«

»Vielleicht will sie sich ein paar nette Tage machen.«

»Ed, gilt das Versprechen noch, das du mir gemacht hast?«

Ich erklärte, ich würde grundsätzlich halten, was ich verspreche, und das klang ein bißchen besser als die volle Wahrheit.

Ich bin Unitarier, und nach dem Gottesdienst im Masonic Temple schaute ich am Sonntagvormittag im Hotel vorbei, um zu fragen, was Jane von einem gemeinsamen Mittagessen hielt. Doch in der Hotelhalle traf ich Keyes. Er saß zusammengesunken in einem Sessel, und als er mich erblickte, sprang er auf und kam im Laufschritt auf mich zu. »Ed, ich muß unbedingt mit Ihnen sprechen. Ich habe den ganzen Vormittag versucht, Sie zu erreichen – ich muß mit Ihnen sprechen.«

»Okay – sprechen Sie.«

»Nicht hier. Ich bin ganz außer mir.«

Wir gingen hinauf in sein Zimmer, und er setzte sich erst auf die Bettkante, dann legte er sich quer über die Decken. Anschließend zog er einen Umschlag aus der Tasche, öffnete ihn, reichte mir den Brief und sagte: »Da, lesen Sie.«

Es war ein Bericht unserer Ermittlungsabteilung, und schon von der ersten Zeile an, als das ›Subjekt‹ ein Fußballspiel besuchte, war mir klar, daß es sich bei dem ›Subjekt‹ nur um Mrs. Sperry handeln konnte. »Sie sind also in sie verknallt, aber auch nicht wieder so sehr, daß Sie sie nicht beschatten ließen.«

»Nein, Ed, es ist alles ganz anders.«

»Es sieht aber so aus.«

»Die Beschattung war reine Routine. Ich habe den Fall unserem Detektivbüro in Los Angeles übertragen. Woher konnte ich ahnen, daß sie die Ermittlungen auch auf Mrs. Sperry ausdehnen würden? Als ich hierherkam, hatte ich noch nie von ihr gehört. Aber – und das ist das Schlimmste: Der Detektiv, der damit betraut wurde, weiß noch nicht einmal, wer ich bin.«

Ich las den Bericht ganz durch, und gegen Ende lautete er etwa folgendermaßen:

23.05 Uhr: Subjekt ins Hotel zurückgekehrt, betrat Appartement 642 zusammen mit erwähntem Robert Keyes.
23.08 Uhr: Keyes verläßt das Appartement.
23.14 Uhr: Telefon in Appartement 642 läutet. Subjekt spricht am Telefon, Text unverständlich.
23.15 Uhr: Subjekt läßt Mann in Appartement. Identität bis jetzt nicht ermittelt. Beschreibung:

Alter: 30 - 35
Größe: etwa 1,80 m
Gewicht: etwa 72 kg
Haar: schwarz, graumeliert
Guter Körperbau, gut gekleidet.

Besucher hat Appartement bis 24.00 Uhr nicht verlassen. Ich steckte drei Papierschnitzel in den Spalt zwischen Tür und Angel, und zwar so, daß sie herausfallen mußten, wenn die Tür geöffnet wurde. Anschließend beendete ich die Überwachung.
Sonntag:
9.30 Uhr: Papierschnitzel noch an Ort und Stelle.

»Nun, Mr. Keyes, ich fürchte, sie hat Sie hintergangen.«

»Aber warum?«

»Vielleicht, weil sie diesen Mann liebt.«

»Ich dachte, sie liebt mich. Ich – ich habe sie verehrt wie eine Heilige.«

»Verheiratet mit einem, flirten mit einem anderen, übernachten mit einem dritten – das geschieht doch überall und alle Tage. Nur, daß nicht immer ein Privatdetektiv in Zimmerkellnerlivree auf dem Gang steht und alles notiert.«

»Und ich dachte, sie sei eine Dame – eine Dame durch und durch.«

»Auch Damen treiben dieses Spiel – nur, daß sie sich meist nicht dabei erwischen lassen.«

»Es ist wirklich ein schwerer Schock für mich.«

»Jetzt sagen Sie bloß noch, Sie seien nicht gewarnt gewesen.«

»Gewarnt? Von wem denn? Wer, verdammt noch mal, hätte mich gewarnt?«

»Ich. Erinnern Sie sich nicht, als ich Ihnen sagte, Sie sollten sich in acht nehmen?«

»Das war doch nur ein Scherz.«

»Das haben Sie vielleicht gedacht.«

»Na, schön, Ed. Sie haben mich also gewarnt.«

Als ich in Janes Appartement kam, zeigte sich, daß sie noch viel schlimmer dran war als Keyes – wenn das überhaupt möglich war. »Ed, es ist etwas Schreckliches geschehen.«

»Okay, erzähl schon.«

»Dick ist hier.«

»Sperry?«

»Er ist hier, weil er Tom töten will.«

»... meinst du es buchstäblich? Einfach umlegen, bum – weg?«

»Genauso meine ich es.«

»Reizender Bursche.«

»O ja, du mußt mir glauben. Er hat sogar einmal versucht, mich zu töten.«

»Wohl 'ne Art Blaubart, würde ich sagen.«

»Du sollst nicht so sprechen ... Dick hat zu viele Jahre seines Lebens in Gegenden zugebracht, wo ein Menschenleben nicht viel gilt, und wo ein Mord noch immer die einfachste und billigste Art ist, einen Konflikt zu lösen. Ich – ich sage dir doch: Wir sind schwimmen gegangen, und plötzlich wurde mir klar, daß ich nicht zurückkehren würde.«

»Wieso wurde dir das klar?«

»Ich weiß es nicht. Aber ich habe es gefühlt.«

»Also, weißt du –«

»Doch, doch. Später hatte ich sogar Beweise dafür. Er wußte, daß ich ihm dahintergekommen war.«

»Was hast du dann gemacht?«

»Ich habe geschrien.«

»Laut?«

»Ich sagte, mich hätte etwas am Bein gestreift.«

»Und?«

»Ich sagte, es war rauh, wie Sandpapier.«

»Aha – so etwas wie ein Hai, nicht wahr?«

»Ja, und das war selbst für den harten Mr. Sperry zuviel. Er versuchte, mich zu beruhigen, aber ich begann wieder zu schreien, und da ist er schnell ans Ufer geschwommen.«

»Na schön – aber hier gibt es weder einen Ozean noch Haifische.«

»Ed, bitte, so hör mir doch zu. Ich habe versucht, Tom klarzumachen, daß Dick etwas unternehmen würde, wenn er auf dieser – dieser Annullierung besteht. Ich sagte ihm, daß man Dick das ohne weiteres zutrauen kann, und daß er lieber Tom töten würde, als sich mit der Annullierung abzufinden. Toms Antwort bestand darin, daß er sich an dich wandte wegen der Versicherung. Um zu beweisen, wie töricht er das alles fand, schlug er einfach das Telefonbuch auf, und dann ist er zu dir ins Büro gefahren. Nun, zum Glück konnte ich dich gerade noch rechtzeitig davon überzeugen, daß dieser Vertrag nicht zustandekommen darf, und damit wäre wenigstens das aus der Welt geschafft. Er hat diese blöde Geste nur gemacht, um mir zu beweisen, ich hätte mir alles nur eingebildet. Und er schaute noch viel blöder drein, als ich ihm dann erklärte, sein Antrag sei nicht durchgekommen. Wir müssen uns überlegen, wie wir das Schlimmste verhindern können.«

»Andererseits – wenn Tom aus dem Weg ist, könnte ich dich heiraten.«

Es war als kleiner Scherz gedacht gewesen, aber ehe sie antworten konnte, klingelte das Telefon in ihrem Schlafzimmer. Sie ging hinüber und als sie zurückkam, leuchteten ihre Augen. »Gott sei Dank! Das war Tom. Er hat seine Bemühungen um die Annullierung unserer Ehe aufgegeben.«

»Nun, damit wäre ja dann wohl alles in Butter.«

»Ich hatte nicht damit gerechnet, daß Dick ihn besuchen würde.«

»Er hat ihm wohl ein bißchen die Hölle heiß gemacht, was?«

»Wenigstens hat Tom jetzt endlich kapiert, was ich ihm die ganze Zeit über begreiflich machen wollte. Oh, ich kann mir gut vorstellen, wie Dick dreingeschaut hat, als er zu Tom kam. Du würdest nicht glauben, wie gefährlich diese ruhigen Wissenschaftleraugen aussehen können, nein, wirklich. In solchen Augenblicken sind es die reinsten Mörderaugen.«

»Na schön. Vergiß es, und laß uns das freudige Ereignis feiern.«

»O ja, Ed.«

»Kleine Tour nach Tahoe?«

»Wundervoll.«

Also ließen wir uns im Hotel ein paar Lunchpakete herrichten, damit wir zum Lake Tahoe hinauf fahren und unter den hohen Bäumen am Ufer des Sees zu Mittag essen konnten. Doch ehe wir losfuhren, besuchte ich noch rasch Keyes in seinem Zimmer.

»Neuigkeiten, Kollege.«

». . . was ist, Ed?«

»Der Kerl von gestern abend war ihr Ehemann.«

Kaum, daß er mich eingelassen hatte, lag er schon wieder auf dem zerwühlten Bett, doch jetzt richtete er sich auf und grapschte nach dem Telefon. Als ihm der Empfangschef bestätigte, daß ein Mr. Richard Sperry eingetragen sei, dachte ich, sein Grinsen würde sich nicht nur vorneherum, sondern auch noch auf dem Hinterkopf ausbreiten. »Ed, Sie wissen vermutlich gar nicht, was Sie da für mich getan haben.«

»Oh, Sie Kleingläubiger.«

»Diese vornehme Lady – und ich habe sie so gemein verdächtigt!«

»Noch etwas: Die Annullierung wird nicht weiter betrieben.«

»Das wird Ihnen vermutlich sehr gelegen sein.«

»In gewisser Weise, ja.«

»Schöner Tag, was Ed?«

»Das macht die gute Luft von Nevada.«

5

Natürlich lief die Sache danach nicht wie am Schnürchen – das war auch nicht zu erwarten, jedenfalls nicht, solange Keyes mitmischte. Am folgenden Tag, als das Kabel aus New York ihm grünes Licht zum Abschluß des Vertrages gab, rief Keyes von meinem Büro aus Delavan an und sagte ihm, daß alles in Ordnung gehe. Auf Delavans Antwort hin schaute er nachdenklich drein und legte langsam den Hörer auf. Und nachdem er das Telegramm noch eine Weile studiert hatte, sagte er: »Ed, ich fürchte, da ist ein Risiko dabei, das mir gar nicht gefällt.«

»Und worum handelt es sich, wenn ich fragen darf?«

»Er verheimlicht uns etwas.«

»Aber was?«

»Das weiß ich auch nicht. Mir ist nur aufgefallen, daß er sehr überrascht war über meine Zusage.«

»Ihre Zusage?«

»Ich sagte ihm - Sie haben es ja gehört –, ich hätte aus New York erfahren, daß seinem Antrag auf die bewußte Lebensversicherung stattgegeben wurde, und das schien ihn zu überraschen. Vermutlich hatte er nicht damit gerechnet, aber andererseits hatte ich ihm nichts gesagt, was ihn zu dieser Befürchtung kommen lassen würde. Mit anderen Worten: Er nahm an, ich würde irgendeinen Haken bei der Sache finden. Und jetzt will ich herausfinden, was das für ein Haken ist.«

Ich wußte natürlich, warum Delavan so überrascht war. Schließlich hatte ihm Jane mitgeteilt, daß sein Antrag nicht durchgekommen sei, und nachdem man ihm nun fünf Tage später sagte, er sei doch genehmigt, war es kein Wunder, daß ihn das überraschte. Aber was ich mit Jane besprochen und was sie daraufhin ihrem Mann mitgeteilt hatte, stand meiner Ansicht nach nicht im Zusammenhang mit den Recherchen der Versicherungsgesellschaft, und wenn Delavan nun trotz allem noch abschließen wollte, hatte ich nicht die Absicht, mich lediglich auf irgendeine vage Ahnung hin vom Gewinn des Pokals auszuschließen. Keyes war nun einmal ein Mensch, der nicht eher Ruhe gab, bis er etwas herausgefunden hatte, womit er in den Zeitungen Schlagzeilen machen konnte. Ich stand ganz gelassen auf und ging hinaus ins Vorzimmer, um Linda zu sagen, sie sollte mich mit Mr. Norton verbinden. Norton ist der Präsident der Gesellschaft. Er steht zwar seinem Vater, der die Gesellschaft gegründet hat, in manchen Dingen nach, aber er ist ein netter Kerl und, wie ich wohl wußte, seines allzu tüchtigen Mitarbeiters Keyes ein wenig überdrüssig. Ich sprach sehr laut und sehr deutlich mit Linda, so daß Keyes es verstehen konnte. Als ich zurückkam in mein Büro, sagte er kein Wort. Danach saßen wir einfach da, rauchten unsere Zigarren und dachten nach.

»Mr. Norton?«

»Hallo, Horner, was gibt's?«

Ich teilte ihm ausführlich den Stand der Dinge mit, obwohl es sich um ein Ferngespräch handelte. »Hören Sie, Mr. Norton«, sagte ich zuletzt, »ich habe da in meinem Bücherregal ein paar Pokale stehen, auf denen es heißt, daß ich einer Ihrer besten Versicherungsagenten bin. Und vielleicht wissen Sie auch, daß ich ein Auge auf den nächsten Pokal geworfen habe. Doch etwas anderes wissen Sie vermutlich nicht. Ich habe hier vor mir drei bis jetzt unbeantwortete Briefe – und die stammen von Konkurrenzunternehmen. Alle drei bieten mir einen unabhängigen Geschäftsbereich in wesentlich größeren Städten als Reno an, nebst dem Titel eines Generalagenten, ganz zu schweigen von –«

»Na, hören Sie mal, Horner!«

»Sie wissen genau, was das für mich bedeutet, und –«

»Darf ich jetzt auch mal was sagen, Horner? Wenn Sie zur Nachmittagsmaschine aus New York gehen, finden Sie vermutlich etwas an Bord, was diese Angelegenheit zur beiderseitigen Zufriedenheit regelt. Also beruhigen Sie sich, und spielen Sie ein paar Stunden Golf. So, und jetzt geben Sie mir Keyes.«

Es war Keyes mehr als unangenehm, aber er sprang auf, nahm den Hörer, stand danach nur da und sagte alle zehn Sekunden »Jawohl, Sir.« Als er aufgelegt hatte, war sein Gesicht so rot wie bei einer Farbverschiebung im Fernsehen. Danach zog er wortlos sein Jackett an und verließ mein Büro.

Ich erwartete unseren Vizepräsidenten H. P. Davis oder vielleicht auch Vic Rose vom Vertragsbüro, daher fiel ich fast auf den Rücken, als Mr. Norton persönlich die Gangway herunterkam. Ja, wirklich, er war es. Aber bei einer Versicherungsgesellschaft kommt das wichtigste immer an erster Stelle, und dort weiß man auch, was das wichtigste ist. Das Geschäft steht und fällt nun mal mit den Agenten, und wenn einer von ihnen mit Kündigung droht, ist sich selbst der Präsident nicht zu fein, mal kurz in ein Flugzeug zu steigen. Als ich ihn in meinem Wagen in die Stadt chauffierte, verhielt er sich wie irgendein netter

Mensch, und wir steuerten direkt mein Büro an, da er bereits die Rückfahrt im Nachtzug gebucht hatte und nicht in Reno bleiben wollte. »Wie werden Sie genannt, Horner – Ed?«

»Ja, Sir, so nennen mich meine Freunde.«

»Und mein Name ist Jason – Jace, wenn Sie mich als Ihren Freund betrachten wollen.«

»Ich – ich fürchte, das bring' ich nicht fertig – ich meine, Sie Jace zu nennen, Sir.«

»Aber ich dachte, das ist ganz normal hier im Westen.«
»Sicher, aber der Präsident einer Weltfirma, ich meine ... Was halten Sie von J. P., Sir, die Abkürzung Ihrer beiden Vornamen? Das würde mir leichter fallen.«

Er mußte lachen, und von da an vertrugen wir uns prima. Als wir ins Büro kamen, war Keyes schon da, und er sah ziemlich elend und blaß aus, aber wir gingen darüber hinweg, und Norton steuerte gleich auf das Wesentliche zu.

»Keyes, Sie kannten doch meinen Vater recht gut.«

»Vielleicht besser als Sie selbst, Sir.«

»In Versicherungssachen muß ich Ihnen sogar recht geben. Aber auch ich habe ihn einigermaßen gut gekannt, und bei Problemen wie diesem habe ich ihn tausendmal sagen hören: ›Eine Versicherung ist immer mit einem Risiko verbunden. Eines muß ein Vertragsgeber stets bedenken: Wäre der Kunde nicht in gewisser Hinsicht ein wenig unsicher oder sogar ängstlich, dann würde er nicht sein gutes Geld für eine Versicherung hinlegen. Das heißt, das Risiko gehört notwendigerweise dazu, und die alleinige Tatsache, daß es besteht, ist kein Grund, ein ansonsten lohnendes Geschäft auszuschlagen.‹ Erinnern Sie sich daran, Keyes?«

»Nein«.

»Aber ich. Und zwar sehr genau.«

»Das hat er nie und nimmer gesagt.«

»Er hat es vierzig Jahre lang vierzigmal am Tag gesagt.«

»Er hat es ganz anders ausgedrückt. Er sagte: ›Versicherung

setzt ein kalkulierbares Risiko voraus.‹ Er war, wie Sie sich sicher erinnern, gegen allzuviel Konservativismus beim Abschluß eines Geschäfts. Ja, er ging auf viele Verträge ein, die andere Gesellschaften bereits abgelehnt hatten, aber er setzte nichts leichtsinnig aufs Spiel. Seine Kalkulationen eines Risiko waren eine Wissenschaft für sich, und darin war er seiner Zeit weit voraus, mit einer eigenen Untersuchungsabteilung, die Daten und Fakten erarbeitete, von denen man früher nie etwas gehört hatte. Und daher war seine Verlustrate so gering wie selten in diesem Geschäft. Ich persönlich habe etwas gegen unkalkulierbares Risiko, und um ein solches handelt es sich in diesem Fall, da uns hier einiges geheimgehalten wird. Wir haben es mit Geheimhaltung von seiten des Kunden und mit Geheimhaltung von seiten der Agenten zu tun, wie ich glaube.«

Ich wollte aufbrausen, aber Norton fuhr dazwischen. »Ed, was soll das heißen?«

»Ich bin – in die Begünstigte verliebt, J. P.«

»In Mrs. Delavan?«

»Ich habe die Absicht, sie zu heiraten.«

»Und ist es das, was Mr. Keyes als Geheimhaltung bezeichnet?«

»Nein, das würde ich nicht behaupten. Bei dem, was Mr. Keyes als Geheimhaltung bezeichnet, handelt es sich vermutlich um die Tatsache, daß er selbst in die Ehefrau des ersten Mannes von Mrs. Delavan verliebt ist, und daß sie nicht die Absicht hat, ihn zu heiraten. Wissen Sie, ich kann mir nicht denken, daß Romanzen wie diese etwas mit der Risiko-Kalkulation zu tun haben, aber wenn Sie der Ansicht sein sollten, lasse ich mich gern belehren.«

Ich weiß, daß es gemein war gegenüber Keyes, aber ich war verdammt sauer auf ihn. Nortons Mundwinkel begannen zu zucken, und ich sah, daß er ganz schön zu tun hatte, nicht lauthals loszuplatzen. Keyes redete und redete, das Dumme war, daß er einen gegen seinen Willen aus dem Gleichgewicht bringen konnte, wenn er auf die vielen Male hinwies, wo er recht gehabt hatte, und wo er das Unheil schon roch, als er noch gar nicht wußte, worum es eigentlich ging. Um ehrlich zu sein: Er brachte mich richtig durcheinander, aber inzwischen war ich so stur, daß ich meine diesbezüglichen Regungen einfach niederkämpfte. Ich sah, daß es ihm auch gelungen war, Norton aus dem Gleichgewicht zu bringen. Und danach saßen wir alle drei eine Weile schweigend da und trommelten mit den Fingern auf unsere Stuhllehnen. Ich sagte Linda, sie sollte mein Gespräch nach New York anmelden. Es war die Privatnummer eines Bonzen in einer großen Versicherungsgesellschaft, die mich angeln wollte, und er wartete auf meinen Anruf, da ich ihm bereits ein entsprechendes Telegramm geschickt hatte. Es dauerte nicht lange, bis Linda das Gespräch durchgab, doch als der Apparat klingelte, hob Norton ab und sagte: »Er hat seine Meinung geändert, Linda. Sie können den Anruf nach New York streichen.«

Ich brachte die beiden in den Palmengarten des ›Club Fortune‹, und um acht mußte Norton zum Bahnhof. Er war überrascht, daß Keyes ihn nicht begleiten wollte, und als ich ihn in sein Taxi setzte, fragte er, ob ich den Eindruck hätte, daß zwischen uns eine gewisse Mißstimmung entstanden sei.

»Ich weiß nicht, J. P. Aber vermutlich muß er vor allem seiner Angebeteten Good-bye sagen.«

»Wer ist denn nun diese Lady?«

»Eine Mrs. Sperry, soweit ich informiert bin.«

»Doch nicht Constance Sperry?«

»Kennen Sie sie?«

»Mann, das ist vielleicht ein dickes Ei!«

»Hm – eines, daß Keyes nun schon eine Weile in seinem Osternest liegen hat.«

»Aber Ed, Sie können sich gar nicht vorstellen, wie komisch das ist. Bevor sie diesen Engländer geheiratet hat, gab es mindestens sechs Bewerber um ihr Vermögen. Doch keiner davon ist zum Zuge gekommen. Und jetzt Keyes, der Mann, der sich von niemandem täuschen läßt, Keyes, der Unbestechliche, der vor ihrem Fenster den Mond anheult – es ist zum Schreien komisch!«

Als ich wieder hineinging in den ›Club Fortune‹, hatte Keyes vorübergehend vergessen, daß er eine Berühmtheit war, und außerdem schien etwas an ihm zu nagen. Nach einer Weile sagte er: »Ed, glauben Sie, es wäre anständig von mir, Mrs. Sperry zu besuchen und mich von ihr zu verabschieden, ehe ich wegfahre?«

»Warum nicht?«

»Sie denken nicht, daß es sie – in Verlegenheit bringen würde?«

»Kommt darauf an.«

»Worauf?«

»Was sie ihrem Mann gesagt hat.«

»Ich verstehe nicht, was Sie damit meinen, Ed.«

»Nun, es gibt hier auf Erden solche und solche. Die einen machen sich ein schönes Leben in der berechtigten Ansicht, daß es ohnehin kurz genug ist; sie genießen und schweigen, und es klingt großartig, doch sie meinen, daß sie selbst den anderen viel weniger schulden als die anderen ihnen schulden, und das klingt schon nicht mehr ganz so großartig. Dann gibt es solche, die ebenfalls ihr Leben in vollen Zügen genießen, es aber anschließend bereuen, und vor diesen muß man sich in acht nehmen, denn man weiß nie, ob sie nicht alles ihrem Mann beichten, um ›noch einmal ganz von vorn anzufangen‹, obwohl auch das gelegentlich ganz gut gehen soll. Allerdings kommt es in diesem Fall ganz auf die Gemütslage des Ehemanns an. Und hier gibt es wiederum solche und solche. Die einen schütteln dem Nebenbuhler freundschaftlich die Hand, die anderen dagegen haben eine Coltpistole in den Pfoten und brennen darauf, sie abzufeuern. Wenn Sie mich fragen – ich würde sie anrufen und erst einmal hören, wie die Dinge stehen, ehe ich mich in ihre unmittelbare Nähe begäbe, wie Sie das wohl beabsichtigen.«

Er saß da und hielt die Kaffeetasse unbeweglich zehn Zentimeter vor seinem Mund. Dabei starrte er mich an, als sei ich plötzlich übergeschnappt. »Aber Ed, Sie glauben doch nicht, daß zwischen mir und ihr auch nur das Geringste gewesen ist, oder?«

»Sie meinen, Sie sind nicht intim geworden mit ihr?«

»Ich wäre nicht im Entferntesten auf den Gedanken gekommen.«

»Ja, da haben Sie vielleicht was versäumt.«

»Soll das eine Anspielung auf Mrs. Sperrys Moralbegriffe sein?«

»Na, na, na, nun tun Sie mal nicht so, als wären Sie ein heuriger Hase.«

»Aber Ed – diese Frau! Doch nicht –«

Nun, wie sagt man's seinem Kinde, das glaubt, die Herzensdame sei eine unnahbare Statue? »Es war nur ein Scherz, Keyes. Ich wollte sehen, ob Sie einen kleinen Puff vertragen.«

»Das erleichtert mich sehr, Ed.«

Doch trotz allem wollte er weiter darüber reden, und begann damit, mir zu schildern, wie weit er sich seelisch engagiert habe, ganz gegen seine Gewohnheit, und wie ungern er wegführe, ohne sich von ihr verabschiedet zu haben, und daß er sicher sei, ihre Gefühle würden den seinen weitgehend entsprechen. Dann errötete er wieder einmal, wie schon am Nachmittag und erklärte mir immer wieder, daß sie eine Frau sei, die zu lieben sich kein Mann zu schämen brauche, und zuletzt schaute er mir über die Schulter auf jemanden, der in der Nähe des Eingangs stehen mußte. Ich drehte mich um, und da war Mrs. Sperry in Begleitung eines kleinen, stämmigen Mannes, und als sie uns sah, winkte sie kurz mit der Hand. Ich trat Keyes auf den Fuß, damit er nicht so schrecklich düster dreinschaute. »Niemand hat etwas dagegen, wenn Sie sich verliebt haben – aber Sie sollten es trotzdem nicht unbedingt in alle Welt hinausschreien.«

»Ist das ihr Mann?«

Ich mußte dem Klubleiter einen Wink und ein Trinkgeld für gewisse Recherchen geben, und kurz danach kam er zurück und erklärte, daß der Gentleman ein gewisser Mr. Richard Sperry sei. Keyes schaute noch düsterer drein und sagte dann: »Hier, sehen Sie sich das mal an.«

Es war der bereits bekannte Bericht des Detektivs, der Mrs. Sperry überwacht hatte, und Keyes las mir noch einmal die Beschreibung des Mannes vor, der in ihr Appartement gekommen war und es die ganze Nacht über nicht verlassen hatte. »Alter dreißig bis fünfunddreißig, Größe etwa ein Meter achtzig, Gewicht etwa zweiundsiebzig Kilo, Haar schwarz, graumeliert. Ed, dieser Detektiv kennt seinen Beruf. Und er weiß, worauf es bei seinen Beobachtungen ankommt. Sperry da drüben ist mindestens fünfzig, höchstens einen Meter siebzig groß, wiegt vielleicht fünfundsechzig Kilo, und sein Haar ist rötlich.«

»Dafür gibt es vermutlich eine recht einfache Erklärung.«

»Ich will nicht länger hierbleiben. Gehen wir.«

Ich rief Jane an und sagte ihr, daß ich den Abend über zu tun hätte, aber versuchen wollte, sie anzurufen, wenn es mir gelänge, später freizukommen. Keyes ging mit mir zum Hotel, und ich wartete unten, während er schnell hinaufgehen wollte in sein Zimmer. Es dauerte eine ganze Weile, und danach bat er mich, ihn in der Gegend herumzufahren, damit er ein wenig abschalten könne. Ich fuhr mit ihm über die Grenze nach Kalifornien auf der Straße nach Sacramento, und dabei mußten wir über die Sierras, aber er schien es gar nicht zu bemerken, daß es ihn in den scharfen Paßkurven ganz schön hin und her schleuderte, und mir war es egal. Er zündete sich eine Zigarre an und warf sie gleich danach mitten in einer Trockenzone aus dem

Fenster. Dann zog er die Beine hoch und saß wie ein Pascha neben mir. Es war sehr angenehm, mit so einem Beifahrer durch Haarnadelkurven zu brausen. Nach einer Weile kurbelte er das Fenster auf seiner Seite herunter, streckte den Ellbogen hinaus und legte sein Kinn darauf. Jetzt war es noch angenehmer, denn nun pfiff mir auch noch die kühle Zugluft um die Ohren. Schließlich rutschte er immer wieder hin und her und behinderte dabei mein Bremsbein. »Können Sie nicht aufhören damit, Keyes? Wie zum Teufel soll ich anständig fahren, wenn Sie –«

»Stören Sie mich nicht.«

»Angenommen, es war also nicht ihr Mann gestern abend – na und?«

»Ed, ich versuche, zu denken.«

Sauer wie ich war, und bei dem Ton, in dem er es sagte, fühlte ich mich nicht verpflichtet, mehr dazu zu sagen. Ich warf einen kurzen Blick auf ihn, und wie er so auf die Bäume starrte, an denen wir vorbeiflitzten, wurde mir klar, was ihn zum größten Jäger aller unberechtigten Ansprüche westlich des Mississippis gemacht hatte, vielleicht sogar zum größten in unserem Geschäft. Er war weder sauer noch verträumt noch sonstwas bei dem Versuch, seine Niederlage zu verdauen. Er kam mir eher vor wie ein Kind, das seiner Mutter eine ernsthafte Frage gestellt und eine unbefriedigende Antwort erhalten hatte, und das nun versuchte, auf eigene Faust hinter die Geheimnisse des Lebens zu kommen. Dieses leicht verletzte Stirnrunzeln mit der 100 000-Volt-Konzentration dahinter würde ich nicht so leicht wieder vergessen. Nach einer Weile setzte er sich wieder ordentlich hin, kurbelte das Fenster hoch und sagte: »Nun, ich habe die Sache mal aus einem anderen Blickpunkt betrachtet. Gott sei Dank, daß Sie Mrs. Delavan die Police noch nicht ausgehändigt haben.«

»Woher wissen Sie, daß ich sie ihr noch nicht gegeben habe?«

»Sagen Sie bloß nicht, sie hat sie bereits in Händen!«

»Während Sie mit Ihren kleinen Privatangelegenheiten beschäftigt waren, und da ich nach Nortons Besuch ja wohl annehmen konnte, daß die Sache glattgeht, ist es leicht denkbar, daß ich zwischendurch mit dem Lift nach oben gefahren bin und ihr das Dokument ausgehändigt habe, sei es nur, um ihr eine kleine Freude zu machen. Das ist denkbar. Sehr vieles ist denkbar. Ich wäre Ihnen sehr dankbar, wenn Sie jetzt endlich mit Ihren Mutmaßungen aufhören und die Dinge so nehmen würden, wie sie nun einmal sind. Ich bin, wie Sie wohl wissen, nicht von Ihren Anordnungen abhängig.«

Ich gab mich ziemlich unnahbar, und er zerwühlte sich mit den Fingern das Haar, bis es ihm senkrecht in die Höhe stand. Ich ließ ihn erst einmal dabei, förderte vielleicht sogar absichtlich seine Verzweiflung. Natürlich hatte ich die Police noch nicht übergeben. Ich hatte gar keine Gelegenheit dazu gehabt, und außerdem mußte ich mir ja auch erst zurechtlegen, wie ich es ihr am schonendsten beibringen konnte. Aber bevor wir drei mein Büro verlassen hatten, war Linda von Norton beauftragt worden, Delavans Scheck zu girieren, und sie hatte ihn zusammen mit zwei oder drei anderen weggeschickt, wie sie es fast täglich machte, denn es gab nur selten Tage, an denen keine Zahlungen bei uns eingingen. Und in dem Augenblick, wo wir das Geld auf diese Weise in Empfang genommen hatten, galt der Vertrag rechtlich als abgeschlossen. Daher bereitete mir Keyes' neuerlicher Einwand gegen den Abschluß der Versicherung besonderen Kummer, denn da wir nicht mitten in der Nacht im Postamt einbrechen und den Brief zurückholen konnten, gab es keine Möglichkeit, die Angelegenheit nun noch zu stoppen. Sicher – wir hätten vielleicht versuchen können, gleich am frühen Morgen den Brief vom Postamt zurückzufordern, aber das hätte bedeutet, daß ich mir die ganze Nacht um die Ohren schlagen mußte, und außerdem konnte das Ganze dann doch ein Schlag ins Wasser sein. Ich muß allerdings zugeben, daß es mir in erster Linie auf den Pokal ankam, auch wenn ich mir einredete, ich würde Jane nur etwas Gutes tun, notfalls gegen ihren Willen. Vielleicht kommt Ihnen das kindisch vor, doch nach meinen Erfahrungen wird man desto sturer, je kindischer das Ziel ist, das man sich gesetzt hat. Das alles sage ich nur, damit Sie wissen, wie es sich mit der Police verhielt, und wieviel Schweiß mir die ganze Sache später noch kosten sollte. Ich versuche Ihnen klarzumachen, warum ich mich so und nicht anders verhielt, und ich meine, es klingt sogar ganz plausibel, und als wir von unserer Fahrt durch die Sierra zurückkamen, standen die Dinge folgendermaßen: Die Police lag im Safe meines Büros. Sie war bereits bezahlt, und rein rechtlich war die Versicherung damit abgeschlossen. Keyes dagegen nahm an, vermutlich, weil ich ihn in diesem Glauben gelassen hatte, daß Jane die Police bereits in Händen hatte.

Als wir uns dem Hotel näherten, begann er von neuem. »Wir haben es hier mit einer Frage der Identität zu tun. Was die Sache von Anfang an so verdächtig erscheinen ließ, war der Umstand, daß nur Delavan selbst diese Police wollte. Auf der einen Seite klang das ganz vernünftig, einmal abgesehen von den etwas fadenscheinigen Gründen, die er vorbrachte. Aber andererseits war doch ein Haken an der Sache, nämlich der Umstand, daß Mrs. Delavan, die Nutznießerin der Police, gegen den Abschluß dieser Versicherung opponierte. Ed, haben Sie jemals eine Begünstigte erlebt, namentlich eine Ehefrau, die dagegen war, daß ihr Mann eine hohe Lebensversicherung zu ihren Gunsten abschloß? Ich spreche nicht von den Bescheidenheitsszenen, die Frauen in solchen Fällen gelegentlich spielen. Auch nicht von ihren Behauptungen, sie könnten den Gedanken nicht ertragen, und so weiter. Das tun sie nur, um gegenüber dem Mann Eindruck zu schinden, aber hat eine von ihnen jemals wirklich opponiert, wenn ihr Agent ihr das erfreuliche Dokument in den Schoß legte? Nein. Und das tut keine Frau, das können Sie mir glauben, mein Freund. Sobald sie erst einmal die Worte ›Bis der Tod euch scheidet‹ gehört hat, ist sie scharf auf Sicherheiten wie ein Goldgräber auf eine gewinnversprechende Ader, und wenn sie sich trotzdem weigert, auf eine solche Sache einzugehen, wie in diesem Fall, dann ist etwas im Busch – etwas, was gegen den Himmel stinkt.«

»Sicher, das war auch hier der Fall, und ich habe versucht, es Ihnen klarzumachen.«

»Ed – wer kann eigentlich mit Fug und Recht behaupten, daß es sich bei dem Mann, der die Police beantragte, tatsächlich um Delavan handelte?«

Was ich ihm darauf entgegnen konnte, war nicht viel, vielleicht deshalb, weil auch ich bereits diverse Ahnungen gehegt hatte. Und er wartete nicht lang auf eine plausible Erwiderung, sondern fuhr fort: »Sie brauchen nur dies eine in Frage zu stellen, und alles bekommt plötzlich einen Sinn. Delavan ist hier in Reno, das bezweifle ich keineswegs. Er ist hier, und wir haben alles in bezug auf seinen Aufenthalt genauestens überprüft. Aber warum ist er hier? Weil er versucht, seine Ehe annullieren zu lassen, und Mrs. Delavan steckt in der Tunke. Wenn er nun umgebracht wird, dürfte es kaum Schwierigkeiten geben, ihn als Mr. Delavan zu identifizieren, denn er ist es ja wirklich. Fragt sich nur, wie wir beweisen können, daß es nicht Delavan war, der die Versicherung abgeschlossen hat.«

»Könnten wir in dem Fall nicht bei der gerichtlichen Voruntersuchung erscheinen, den Toten ansehen und bezeugen, daß es nicht derjenige war, mit dem wir unseren Vertrag abgeschlossen haben?«

»Sicher – aber wie dürfte der Tote in diesem Fall aussehen?«

»Ich habe nicht die leiseste Ahnung.«

»Aber ich frage Sie – nach, sagen wir, einem schweren Verkehrsunfall?«

»Wie ein Hacksteak, fürchte ich.«

»Man wird uns auslachen, wenn wir zu beweisen versuchen, daß es nicht derjenige war, der die Versicherung abgeschlossen hat. Man wird sagen, es gehe immerhin um eine sechsstellige

Summe, und wir versuchten, uns vor der Zahlung zu drücken. Ich erkläre Ihnen, unsere Aussage wird keinen Pfifferling wert sein, wenn der Tote so zugerichtet ist, daß ihn seine eigene Mutter nicht wiedererkennen würde.«

»Moment mal – bis jetzt ist er noch nicht tot.«

»Aber ich nehme an, es ist bald so weit. Erinnern Sie sich an Mrs. Peete?«

»An wen?«

»Ein Fall in Kalifornien. Die Frau hat mehrere Leute umgebracht.«

»Oh, jetzt erinnere ich mich. Es war bei ihr geradezu eine schlechte Angewohnheit geworden.«

»Ja, und als sie zum Tod verurteilt wurde, sagte sie ein paar höchst merkwürdige Sätze zu den Reportern. Sie sagte nämlich: ›Ein jeder von uns weiß, wann er geboren wurde, aber nur wenige wissen, wann sie sterben müssen.‹ Ein komischer Gedanke, was, Ed? Erinnert mich daran, daß der Finger, der schreibt, nur selten im voraus schon den Text des später Geschriebenen kennt. Nun, in unserem Fall ist das anders. Hier sitzen wir, zwei Männer in einem Wagen, und wir kennen einen Mann namens Delavan, der demnächst umgelegt werden wird, woraufhin eine gewisse junge Frau mit einer Hunderttausenddollar-Prämie davonzieht, zusammen mit dem Kerl, der sich für ihren Mann ausgegeben hat – und wir werden alle Hände voll zu tun haben, sie wiederzufinden und es ihr nachzuweisen.«

»Hören Sie, Keyes, wenn Ihre Freundin Sie hintergangen hat, so ist das vielleicht schmerzlich, aber Sie dürfen Ihre Enttäuschung nicht auf alle anderen ausdehnen. Nicht auf mich, nicht auf Delavan, und schon gar nicht auf Mrs. Jane Delavan. Und kommen Sie mir nicht mehr mit Ihrem schreibenden Finger. Ich hab's jetzt nämlich langsam satt.«

»Trotzdem – ich bin sicher, daß hier etwas sehr Merkwürdiges vor sich geht.«

6

Kurz vor dem Hotel fiel ihm ein, daß er seine Aktenmappe im ›Club Fortune‹ vergessen hatte, weil er eben doch ein wenig nervös gewesen war, als wir dort wegfuhren. Aber wir kamen nicht weit. Denn hundert Meter vor dem Hotel gerieten wir in einen Verkehrsstau. Überall standen Polizeiwagen mit blitzenden Rotlichtern herum, und gegenüber in der Second Street parkte ein Sanitätswagen. Ich stieg aus und fragte einen Polizeibeamten, den ich kannte, was los sei. »Wir wissen es noch nicht genau, Mr. Horner, aber wir versuchen, den Mann zu retten, der unten auf der Straße stand, als der andere auf ihn fiel. Ein Mann ist aus einem Hotelfenster gefallen, gestürzt oder gesprungen und genau auf dem Taxifahrer gelandet, der eben eine Fuhre abgeladen hatte, und als der Ambulanzwagen kam, ließen wir den anderen erst mal liegen und nahmen ihn mit, ich meine den Taxifahrer, doch jetzt sind sie zurück, und ich glaube, der andere, der tot ist, kommt ins Leichenhaus, und vielleicht kann man aus seinen Papieren erkennen, wer es war. Diese Selbstmörder haben ja meistens einen Abschiedsbrief oder so was ähnliches bei sich; vielleicht in der Hosentasche oder in seinem Sakko oder was weiß ich.«

Keyes hatte bis zu diesem Augenblick teilnahmslos im Wagen gesessen, doch jetzt richtete er sich ruckartig auf und betrachtete das Hotel, den Sanitätswagen und die Menschenmenge, die sich um irgend etwas auf dem Gehsteig versammelt hatte. Sobald der Polizeibeamte weggegangen war, zischte er mich aus dem Wagen heraus an, was sehr ungewöhnlich für ihn war, denn normalerweise blieb er selbst dann höflich, wenn er einen mit seinen Torheiten belästigte.

Ich verstand nicht, was er gesagt hatte, und erwiderte: »Nun, zum Teufel noch mal, Keyes, was ist denn jetzt schon wieder?«

»Sie wissen sehr gut, was los ist, Horner. Die Leute stehen genau unter dem Luxusappartement, das Sie mir besorgen wollten, aber nicht bekommen konnten, weil *sie* es bereits bezogen hatte. Ihre kleine Freundin. Mrs. Delavan, die es nicht eilig genug haben konnte, jetzt, wo sie die Police in Händen hielt. ›Gefallen, gestürzt oder gesprungen‹, sagte der Polizeibeamte. Warum nicht gestoßen? Und damit hätten wir wieder mal einen von jenen Fällen, wo es nicht darum geht, wer es getan hat, sondern nur darauf ankommt, wie man es dem Täter beweisen kann – und alles nur deshalb, weil Sie sich in eine Abenteurerin verliebt haben, vor der ich Sie von Anfang an gewarnt habe.« Er schaute mir in die Augen und sagte mir ein paar Worte, die mir bisher noch kein Mann zu sagen gewagt hatte, dann öffnete er den Wagenschlag und stieg aus.

Im Büro angekommen, starrte ich auf die vier Pokale, wie sie im Licht der Schreibtischlampe schimmerten, und versuchte mir zu überlegen, was ich, wenn überhaupt, mit dieser Police anfangen würde, und was mit Delavans Scheck geschehen sollte, der jetzt auf der Post war, auf dem Weg zur Bank. Ich habe es bereits gesagt, ich hätte den Brief zurückholen können, aber dann hätte ich eines von unseren Geschäftskuverts mit einer entsprechenden Notiz zum Nachtschalter bringen und gleich am frühen Morgen den Brief zurückfordern müssen. Es wäre ziemlich umständlich und nicht unbedingt erfolgreich gewesen. Ich dachte lange darüber nach. Und zugleich sagte ich mir immer wieder, daß ich mich nicht irre machen lassen durfte, weder durch Keyes noch durch irgend jemand anders, nur weil er ein bißchen heftig nachgedacht hatte, selbst dann nicht, wenn sich alles so erweisen sollte, wie er es sich zusammenklamüsert hatte. Falls ein Betrug hinter der Versicherung steckte, okay, es war schließlich nicht der erste Betrug, und Keyes bekam Gelegenheit, sich wieder einmal selbst zu bestätigen. Das war schließlich sein Job, und wenn er schon so schlau war, dann konnte er auch die Gesellschaft vor Schaden bewahren und seinen Namen groß in den Zeitungen bewundern. Ich könnte seine Gedanken etwa folgendermaßen umschreiben: Er ging davon aus, daß ich selbst versuchte, eine sich mir bietende Chance wahrzunehmen. Ich wünschte, ich hätte sagen können, daß ich entschlossen war, das Richtige zu tun. Auf Biegen und Brechen. Vielleicht war es sogar das Richtige – ich wußte es nicht. Immerhin habe ich es mir immer wieder eingeredet. Aber der wahre Grund, weshalb ich es versuchte, war der: Ich wollte das haben, was ich haben wollte, und ich war bereit, es darauf ankommen zu lassen. Damit begab ich mich auf brüchiges Eis, und es dauerte eine Weile, bis es fester wurde. Dazwischen wurde es sogar noch dünner.

Zuletzt entschloß ich mich zum Handeln. Ich rief Jackie in der Ranch an, sagte ihr, daß ich ihr ein Dokument schicken würde, und bat sie, es für mich aufzubewahren, bis ich es von ihr verlangte. Sie war ein bißchen kurz angebunden, weil ich sie aus dem Schlaf geweckt hatte, aber ein wichtiger Kunde war ein wichtiger Kunde, also war sie mit meinem Vorschlag einverstanden. Danach steckte ich die Versicherungspolice in einen Umschlag, frankierte ihn und brachte ihn auf die Post.

Als ich Jane über das Haustelefon anrief, klang ihre Stimme nervös, und sie sagte, es seien ein paar Polizeibeamte da im Zusammenhang mit etwas, was man bei dem Toten gefunden hätte, und ob ich etwas später noch einmal anrufen könnte. Ich setzte mich eine halbe Stunde in die Hotelhalle. Als ein paar Polizeibeamte aus dem Lift kamen, rief ich noch einmal bei ihr an, und sie sagte mir, ich solle raufkommen. Ich war kaum drinnen, als sie mich schon umarmte und sich an mich klammerte wie nie zuvor, aber gänzlich ohne romantische Gefühle. Sie erinnerte mich an ein zu Tode geängstigtes Kind, das sich seinem heimkommenden Vater an die Brust wirft. »Es hat mir so gut getan, deine Stimme zu hören«, sagte sie. »Ich erfuhr erst durch die Polizei, was geschehen ist, und es war, als müßte mein Kopf zerspringen. Und dann plötzlich warst du am Telefon, mein großer, starker, zuverlässiger Ed.«

»Ich dachte, daß du mich vielleicht brauchen könntest.«

»Er war schließlich einmal mit mir verheiratet.«

»Das läßt sich nicht leugnen.«

»Möchtest du einen Drink, Ed?«

»Ich hätte nichts dagegen, wenn du mich so fragst.«

»Ich brauche einen Schluck.«

Sie ging hinüber in die Kochnische und mixte zwei Highballs, und danach setzten wir uns beide auf die Couch, tranken und hielten uns die Hände. »Sie waren schrecklich nett. Die Polizisten, meine ich. Sie hätten mich nicht stören wollen, aber in seiner Sakkotasche war ein unabgeschickter Brief, an mich adressiert, und sie fragten mich um meine Einwilligung, ihn zu lesen. Sie hätten es vermutlich auch ohne meine Zustimmung tun können, doch in diesem Fall hätte ich es wohl später durch die Presse erfahren. Und das wollten sie nicht. Sie waren wirklich schrecklich nett.«

»Und was stand in dem Brief?«

»Nichts. Nichts, was nicht schon vorher zwischen uns besprochen worden wäre. Am Telefon, du weißt. Über die Scheidung. Aber der Brief war sehr freundlich geschrieben. Er hat mich ehrlich erschüttert.«

Es ergab einfach keinen Sinn. Denn Keyes ging in seiner Erklärung ja davon aus, daß Jane die Police bereits in Händen hatte. Doch das war nicht der Fall. Sie lag momentan sicher im Briefkasten des Postamts und würde dort bleiben, bis sie morgen früh in die Ranch gebracht wurde. Andererseits war der Vertrag bereits gültig, und möglicherweise hatte Jane das von irgendeinem Rechtsanwalt erfahren. Andererseits war da dieser Tote, der genau unter ihrem Fenster auf die Straße gefallen war. Und da war sie selbst, zitternd wie ein Blatt im Wind. Und ihre Hände, die sich eiskalt anfühlten. Ich kann es ohne weiteres zugeben: Ich habe sie nie mehr geliebt als in diesem

Augenblick, und sie zugleich nie mehr verdächtigt. Und was soll ich Ihnen sonst noch sagen, damit Sie nicht irgendwelche falschen Vorstellungen hegen: Ich verdächtigte eine Frau, brachte meine Skepsis zum Schweigen, verdächtigte sie erneut, und verliebte mich zugleich immer mehr in sie, bis ich vor mir selbst zugeben mußte, daß ich sie lieben würde, ganz gleich, was sie getan hatte, und wie sehr ich mich ins Unrecht setzte, wenn ich versuchte, ihr zu helfen – was meine feste Absicht war.

Ich saß da, versuchte, das, was ich wußte, mit dem zu vergleichen, was Keyes gesagt hatte, vor allem über den Kerl, der uns angeblich die Rolle Delavans vorgespielt hatte, als es an der Tür summte und der Kerl, den ich als Delavan kannte, munter hereinspazierte. Eine Sekunde lang steckte mir buchstäblich ein Kloß im Hals, und ich wollte ihn umbringen – ihn und sie dazu. Doch sie verhielt sich ganz normal, und er begrüßte erst mich, dann nahm er sie – freilich etwas distanziert – in die Arme. »Es tut mir so leid, Jane. Kann ich irgend etwas für dich tun?«

»Ich wüßte nicht.«

»Hast du noch nichts gehört?«

»Gehört, Tom?«

»Warum er es getan hat?«

»Hat er es denn – *getan?*«

»Nun ja – es sieht so aus.«

»An die Möglichkeit habe ich gar nicht gedacht.«

»Entschuldige – ich habe angenommen –«

»Dann ist es das, was die Polizeibeamten meinten, nicht wahr?«

»Waren sie schon hier?«

»Ja – mit dem Brief, den er mir geschrieben hat. Aber es stand nichts drin, was auch nur entfernt darauf hingewiesen hätte. Es war lediglich ein freundschaftlich geschriebener Brief. Nichts weiter als –«

»Aber die Polizei denkt auch –«

»Ich glaube, ja.«

»Tut mir leid, daß ich damit angefangen habe, Jane.«

»Es macht nichts.«

»Also, wenn ich etwas für dich tun kann –«

»Dann lasse ich es dich wissen.«

Er ging, und wir setzten uns wieder, und sie lag mit geschlossenen Augen in meinen Armen. »Ich wäre nicht im entferntesten daraufgekommen, Ed. Glaubst du denn, daß er es getan hat? Ich meine, daß er sich das Leben genommen hat?«

Ich weiß nicht, was ich ihr darauf antwortete. Ich preßte sie an mich, aber vor meinen Augen drehte sich alles, bis Keyes anrief. Ich nahm den Hörer und er begann, sich für das, was er zuvor gesagt hatte, zu entschuldigen. »Okay, Keyes«, erwiderte ich. »Aber worum geht's denn nun eigentlich?«

»Es war nicht Delavan.«

»Was?«

»Es war Sperry.«

»Bleiben Sie dran, solange ich ohnmächtig bin, ja?«

»Überraschend, nicht wahr, Ed?«

»Na ja, Keyes, wir alle machen nun mal Fehler.«

»Aber jetzt, Ed, habe ich noch eine Überraschung für Sie.«

»Was, noch eine?«

»Ich habe das Gefühl, daß ich gar keinen Fehler gemacht habe.«

»Okay, mag sein – aber ich habe eben Mr. Delavan gesehen. Persönlich und sehr lebendig.«

»Vertreiben Sie sich manchmal die Zeit mit Mathematik, Ed?«

»Nicht, solange mir was Besseres einfällt.«

»Ich tu es gelegentlich. Und wenn man dann mal eine gigantische Kalkulation aufgestellt hat und man weiß, daß man etwas Wichtiges entdeckt hat, kommt unendlich gleich null heraus, oder so was Ähnliches. Dann kommt man sich völlig verrückt vor, nicht wahr? Aber anschließend beginnt man von neuem und geht alle einzelnen Schritte noch einmal genau durch und stellt fest, daß man irgendwo versehentlich ein Minus gesetzt hat, wo ein Plus stehen sollte, und wenn man daraufhin die Sache noch einmal durchrechnet, hat man das Ergebnis – das richtige! Ed, ich wünschte, ich hätte was damit zu tun, abgesehen von der Firmenpolice, die wir auf das Taxiunternehmen ausgestellt haben. Die Sache ist irgendwie faul, und ich darf sagen, daß Mrs. Sperry in dem Punkt ganz meiner Meinung ist.«

»Oh, haben Sie mit ihr darüber gesprochen?«

»Na ja, natürlich.«

»Verstehe – sie ist jetzt eine heiratsfähige Witwe.«

»Ed, seien Sie nicht albern.«

»Ich bin alles andere als albern.«

»Ich finde Sie sogar ziemlich albern.«

»Wenn man mal von dem mitternächtlichen Romeo absieht, der gestern in ihrem Appartement übernachtet hat.«

»Die Sache ist geklärt. Es war ein etwas betrunkener Angestellter der Sperrys. Als er zu ihr kam mit einem Brief, merkte sie, in was für einem Zustand er sich befand, und schloß die Tür, um es Sperry zu melden, der ein anderes Appartement am Ende des Korridors genommen hatte, bis sie zwei aneinanderliegende beziehen konnten. Und während sie noch am Telefon war, kletterte der Angestellte aus dem Fenster, lief an dem Sims, der um das Haus verläuft, bis zu einem offenen Fenster des Treppenabsatzes, schlüpfte wieder hinein und verschwand aus dem Hotel, vermutlich in irgendeinem billigen Spielklub. Es wäre mir lieb, wenn Sie die Sache nicht mehr erwähnen würden.«

»Okay, Kollege.«

»Noch was, Ed.«

»Ja?«

»Erinnern Sie sich an das, was ich Ihnen gesagt habe. Daß wir beide in bezug auf unsere Herzensdamen –«

»Ach, springen Sie meinetwegen in den Fluß.«

Es war herrlich, wirklich herrlich, bei ihr zu bleiben, sie in meinen Armen zu halten und zu fühlen, wie sie ein wenig zitterte, denn sie war ein braves Mädchen, und wenn der Tote früher einmal ihr Mann gewesen war, mußte man diese Reaktion als ganz natürlich betrachten. Und doch, als ich schließlich nach Hause fuhr, fiel mir wieder ein, wie Keyes neben mir gesessen hatte, und was er gesagt hatte über den schreibenden Finger. Sicher, es gab keine Vorauskopie dessen, was er schreiben würde, aber die Tinte roch doch ein wenig verdächtig.

7

Ich weiß immer, wer wann bei uns ankommt, und dementsprechend fuhr ich am folgenden Morgen hinaus zur Cinnabar Ranch, um drei große Tiere zu treffen, die zu einem Jagdausflug in einer Privatmaschine hergeflogen waren. Manchmal ist es nicht schwer, solchen Leuten in ihrem Ferienüberschwang eine Versicherung anzudrehen, und auch diesmal hatte ich Glück. Zwei davon hatten zwar keine Zeit für mich, aber der dritte, ein Geschäftsführer einer Fabrik in Newark, ging mit mir zu den Stallungen und sagte nicht viel, vermittelte mir aber das Gefühl, daß er meine Zwiebel war, wenn es mir gelang, sie richtig zu schälen. Man muß nur ständig auf solche Typen einreden, und bei der ersten Frage, die sie stellen – meistens ist es die Kostenfrage –, weiß man, daß man sein Schäfchen praktisch schon im trockenen hat. Dann braucht man nämlich nur noch die Prämientabelle aus der Tasche zu ziehen, und wenn man sein Handwerk einigermaßen versteht, hat man die Zwiebel bereits am nächsten Tag beim Vertrauensarzt, und einen Tag später ihren Scheck auf der Bank. Also verhielt ich mich wie gewohnt, und der andere auch, und plötzlich ging er mir durch die Lappen. Fragen Sie mich nicht, warum. Ich hatte ihn da, wo ich ihn haben wollte, doch als ich zurückfuhr ins Büro, wußte ich, daß irgend etwas nicht stimmte. Da nicht, und dort auch nicht. Es nagte mehr an mir, als ich es für möglich gehalten hatte, und außerdem glaubte ich nicht, was man mir über den Tod von Richard Sperry mitgeteilt hatte. Schon gar nicht, als Jane gegen Mittag bei mir anrief und mich bat, bei ihr vorbeizuschauen, da die Polizei ihr ein paar Fragen stellen wolle und sie sie lieber in meiner Gegenwart beantwortete. Da nämlich plumpste irgend etwas ganz schwer in meinen ohnehin strapazierten Magen.

Doch als sie dann in ihrem Appartement auftauchten, ein Wachtmeister und ein Sergeant der Kriminalpolizei, behandelten sie Jane sehr höflich und sagten nur, sie wollten für ihren Bericht wissen, aus welchem Fenster Sperry gesprungen oder gefallen war, und daß sie annehmen, es sei eines in diesem Appartement gewesen. Offenbar hatte niemand von gegenüber den Sturz beobachtet, aber drei Gäste in diesem Flügel hatten Sperry am Fenster vorbeifallen sehen. Und da einer von ihnen der Mann in dem Appartement unter Jane war, schieden alle anderen Appartements aus, da ihres in der obersten Etage lag. Der Sergeant schaute sie an und sagte dann: »Ich will Sie nicht unnötig aufregen, Ma'am, aber es gibt Dinge, die Menschen beim Herunterfallen tun, über die nur wir bei der Polizei Bescheid wissen, und wenn diese drei Zeugen es in ihrer Aussage erwähnen, dann klingt die Zeugenaussage eben plausibel. Es ist nicht irgendso ein Gewäsch, wie man es daherredet, um in die Zeitung zu kommen.«

»Ich weiß nicht, was Sie damit sagen wollen.«

»Wenn ein Mensch nach unten stürzt, stößt er Laute aus. Ein erbärmliches Geräusch.«

»Ach, jetzt verstehe ich.«

»Und genau das haben die anderen Zeugen gehört.«

»Aber es ist ausgeschlossen, daß es in diesem Appartement passiert ist.«

»Warum – waren Sie hier?«

»Nein, das ist es ja. Ich war nicht hier.«

»Wo waren Sie, wenn ich fragen darf?«

»Im Kino.«

»Hier in der Stadt?«

»Im Granada.«

»Und danach sind Sie gleich hierhergekommen?«

»Ich kam gegen Viertel vor zwölf im Hotel an, nachdem ich erst noch zu ›Harolds‹ gehen wollte, mich aber dann doch anders entschied und hierherkam. Inzwischen standen bereits die Polizeiwagen und die Sanitäter vor dem Hotel, und die Polizeibeamten drängten die Menge zurück, so daß ich einige Mühe hatte, ins Hotel zu kommen. Ich hatte keine Ahnung, was geschehen war, bis ich hier von zwei Ihrer Kollegen angerufen und anschließend besucht wurde.«

»Hatte dieser Mann einen Schlüssel für Ihr Appartement?«

»Nicht, daß ich wüßte.«

»Kam er öfters her?«

»Nie. Ich hatte ihn seit drei Jahren nicht gesehen.«

»Wie ist er dann hereingekommen?«

»Ich weiß es nicht.«

»Hatte er Ihres Wissens zur Zeit irgendwelche Schwierigkeiten?«

»Ich habe mich nicht um seine Angelegenheiten gekümmert.«

»Vielleicht war er krank?«

»Als ich mit ihm verheiratet war, hatte er eine eiserne Gesundheit.«

»Und kam er mit seiner Frau gut aus?«

»Ich weiß es nicht.«

»Auch keine – Ahnung? Sie verstehen, Ma'am, wir wollen niemanden beschuldigen. Aber wir müssen einen Bericht erstatten. Es sieht so aus, als wäre er aus diesem Appartement, aus einem dieser Fenster, gesprungen. Die erste Frage danach lautet: Warum. Erst dann fragen wir nach dem Wie.«

»Ich kann mir nicht vorstellen, daß ausgerechnet er so etwas getan haben könnte, und schon gar nicht, warum. Ebensowenig, wie ich mir vorstellen kann, wie und warum er hier hereingekommen ist.«

»Nun, vielleicht ganz einfach, weil es das oberste Stockwerk ist.«

»Warum – hatte er in seinem Appartement keine Fenster?«

»Sicher. Aber in seinem Appartement war er nicht allein. Vielleicht fürchtete er, seine Frau könnte ihn zurückhalten?«

»Na ja, die wäre immerhin ein Grund für einen Selbstmord.«

Genau so hatte sie es gesagt, aber es klang scherzhaft, und alle lachten. Nach einer Minute begann auch sie zu lachen. Es war leicht zu erkennen, daß sich die Polizeibeamten auf die Selbstmordtheorie geeinigt hatten und daß sie als Ursache für die Tat eheliche Zwiste zwischen Mr. und Mrs. Sperry annahmen. Danach sagte der Sergeant: »Kann sonst jemand in diesem Appartement gewesen sein, während Sie wegwaren?«

»Nein . . . Oder, halt, ich muß überlegen.«

Sie ging hinüber ins Schlafzimmer und hob den Hörer des Telefons ab. Nachdem sie ein paar Sätze gesprochen hatte, kam sie zurück. »Ich denke gerade daran, daß mein Mädchen vielleicht hiergewesen ist und mir meinen Pyjama zurechtgelegt hat.«

»War er denn zurechtgelegt, als Sie hereinkamen?«

»Ja, natürlich.«

»Haben Sie sie rufen lassen?«

»Sie ist schon auf dem Weg.«

Und so sah ich denn diese Harriet Jenkins zum drittenmal, und diesmal hatte ich Gelegenheit, sie mir genauer zu betrachten. Sie war vermutlich eine der schlampigsten Frauen, die mir jemals untergekommen sind, und ziemlich ordinär. Andererseits war sie von Kopf bis Fuß ein hundertprozentiges Dienstmädchen. Vielleicht sollte ich besser sagen: von ihrem Häubchen bis zu den

Schuhen mit den flachen Absätzen. Aber für den Fall, daß Sie das, was sich später herausstellen sollte, nicht ganz begreifen, möchte ich noch hinzufügen, daß sie zugleich das sexuell anziehendste Wesen war, was man bei angestrengtem Suchen innerhalb eines Monats zu Gesicht bekommen kann. Sie sah wie Ende Zwanzig aus, und ihr Gesicht war alles andere als vornehm, ihr Haar karottenrot und ihr Hals von einer Farbe, die daran zweifeln ließ, daß sie sich allzu häufig wusch. Dennoch: Lassen Sie sich von niemandem einreden, daß nicht unter ihrem Billig-Make-up, den Baumwollsöckchen und dem wenig kleidsamen Dress ein Mädchen steckte, das irgendwie sexy aussah, eine hinreißende Figur hatte, und sehr wohl wußte, wie es seine Waffen einzusetzen hatte. Darüberhinaus hatte sie eine höchst wirkungsvolle Art, den Kopf hängen und die Blicke sinken zu lassen.

Sie kam mit Hilfe ihres eigenen Schlüssels herein und blieb stehen, als sie die Polizeibeamten erblickte. Dann schaute sie rasch zu Jane hinüber, als suchte sie nach einer Erklärung für das Ganze. Aber Jane sagte ihr lediglich, man wolle ihr ein paar Fragen stellen, und sie könne sich dazu hinsetzen. Das Sichniederlassen gehörte nicht unbedingt zu ihren graziösesten Bewegungen, schon gar nicht in Gegenwart von Jane. Sie stellte sich einen Stuhl vor dem Schreibsekretär zurecht, setzte sich auf die vordere Kante, zog danach scheu ihren Rock über die Knie und blickte dann jeden der Anwesenden der Reihe nach an. Das dauerte eine ganze Weile, denn die Polizisten machen sich einen Sport daraus, fragwürdige Persönlichkeiten erst einmal eine Zeitlang wortlos anzustarren, damit man nervös wird und sich fragt, was die Kerle wohl von einem denken mögen. Schließlich hatte der Sergeant genug davon und begann mit seinen Fragen.

»Kennen Sie Mr. Richard Sperry?«

»O ja, Sir. Er war ja ein paar Jahre lang mein Arbeitgeber.«

»Wann haben Sie ihn zuletzt gesehen?«

Sie wich seinem Blick aus und verdrehte sich irgendwie seltsam, wie ein Hund, der gleich zu heulen anfängt, dann fragte sie Jane: »Ist es denn so wichtig, Ma'am?«

»Anscheinend ja.«

»Er hat gesagt, ich soll die Schnauze halten.«

»Wenn ich Sie wäre, würde ich es trotzdem sagen.«

»Er hat mir 'nen Zehner gegeben, daß ich die Schnauze halte.«

»Ungeachtet dessen, was er Ihnen gegeben hat, ist es ratsam, daß Sie den Herren hier alles sagen, was Sie wissen, und es könnte sehr schlimme Folgen haben, auch für Sie selbst, wenn Sie etwas von Bedeutung verschweigen. Der Polizeibeamte hat Sie gefragt, wann Sie Mr. Sperry zuletzt gesehen haben.«

»Gestern abend, Sir.«

»Und wo?«

»Da.«

»In diesem Hotel?«

»In dem Zimmer hier.«

»Wann?«

»Ungefähr um elf, Sir.«

Die Polizeibeamten schauten einander an, und Jane blickte erst auf mich, dann fiel ihr ein, daß sie mich besser nicht ansehen sollte, und man merkte, daß die Eröffnung des Mädchens alle überrascht hatte. Aber Harriet Jenkins schien nichts Ungewöhnliches daran zu finden.

»Ist er hergekommen, um sich nach Mrs. Delavan zu erkundigen?«

»Ist er. Und sogar zweimal.«

»Erzählen Sie.«

»Das erstemal muß es so gegen neun gewesen sein. Ich hab' auf dem anderen Bett gelegen und mir ein paar Illustrierte angeschaut, weil Mrs. Delavan im Kino war und ich mich nicht beeilen brauchte mit meiner Arbeit. Dann hab' ich den Summer gehört, und ich hab' mir mein Häubchen aufgesetzt und bin zur Tür gegangen und hab' durch den Spion hinausgeschaut. Und wer war draußen auf dem Gang? Mr. Sperry! Also hab' ich ihn reingelassen, und ich hab' ihn seit damals auf den Bermudas nicht mehr gesehen. Er war riesig nett zu mir, und das ist ja auch kein Wunder, denn wir haben schließlich so manches miteinander erlebt, er und ich, meine ich. Als ich ihm gesagt hab', daß Mrs. Delavan erst spät zurückkommt, war er ziemlich am Boden zerstört, und gleich danach ist er abgehauen. Und da hat er mir den Zehner gegeben und hat mir gesagt, ich soll niemandem verraten, daß er hiergewesen ist. Er hat es ein paarmal hintereinander gesagt. ›Hören Sie gut zu, Jenkins‹, hat er gesagt. ›Niemand darf es erfahren. Verstehen Sie? Niemand.‹«

»Und wen meinte er mit diesem ›Niemand‹?«

»Mrs. Sperry, glaube ich, Sir, aber er hat es nicht extra gesagt.«

»Und das war kurz nach neun?«

»Sein erster Besuch? Ja, nach neun. Dann, es war so um elf, würde ich sagen, ist er wieder gekommen. Ich hab' gesagt, er kann gern hier auf Mrs. Delavan warten, und er ist nervös auf und ab gegangen und hat immer wieder aus dem Fenster geschaut, ob sie nicht bald kommt, und hat sich sogar hinausgelehnt und die Straße beobachtet, bis ich ihm gesagt hab', daß es vielleicht gefährlich ist, und daß er nicht hinausfallen soll. Danach hat er sich wieder beruhigt, und meinte, er könnte ja allein auf sie warten. Also hab' ich ihn einfach sitzenlassen und ihm gesagt, er soll Mrs. Delavan ausrichten, daß ich noch eine Weile aufbleibe, wenn sie mich braucht, und als ich gegen zwölf noch nichts gehört hatte, hab' ich mich ausgezogen und bin ins Bett gegangen.«

»Nun, das erklärt allerdings einiges.«

Das sagte der Sergeant zu seinem Kollegen, und der klappte die Reiseschreibmaschine auf, die er bei sich hatte, spannte einen Bogen ein und begann zu tippen. Doch nach kurzer Zeit stand Jane auf, zündete sich eine Zigarette an und unterbrach das allgemeine Schweigen. »Einiges vielleicht – aber noch längst nicht alles ... Jenkins, warum haben Sie eigentlich den ganzen Vormittag vergehen lassen, ohne mir das mitzuteilen?«

»Ma'am, er hat mich doch darum gebeten. Er hat mir sogar 'nen Zehner gegeben.«

»Finden Sie nicht, daß Sie unter diesen Umständen Ihre Diskretion ein bißchen weit getrieben haben?«

»Ich hab' auf Ihren Vorschlag hin den Polizisten nichts verheimlicht, Ma'am, aber wenn ich das sagen darf, mir ist gar nicht wohl, wenn ich das nächstemal Mr. Sperry begegne, und es wird mich vermutlich meinen Zehner kosten, das müssen Sie auch mal wissen, weil ich ja das Versprechen gebrochen habe, das ich ihm dafür gegeben habe.«

»Ja, Jenkins, haben Sie denn nicht gehört –«

»Ich war noch nicht draußen, Ma'am. Ich war den ganzen Vormittag in meinem Zimmer, Ma'am, und hab' darauf gewartet, daß Sie mich rufen.«

»Aber ich habe Sie nicht gerufen, weil – weil ich nicht darüber reden wollte ... Mr. Sperry ist gestern abend, kurz nachdem Sie weggegangen sind, ums Leben gekommen. Und zwar durch einen Sturz aus diesem Fenster.«

»O nein, Ma'am, das darf doch nicht wahr sein!«

Nachdem die Beamten gegangen waren und die Jenkins mit ihrem Geheul aufgehört hatte, war Jane völlig durcheinander, und es brauchte schon ein bißchen besänftigendes Streicheln, bis sie sich wieder beruhigte. Als danach das Telefon klingelte, ließ ich sie nicht rangehen. Ich nahm an, es waren die Reporter, und wenn Jane schon so erschüttert war, nachdem sie erfuhr, daß Sperry in freundlicher Absicht hierhergekommen war, würde ihr eine Begegnung mit einer Meute sensationslüsterner Journalisten nicht gerade guttun. Wir ließen es einfach klingeln, und danach legte ich Jane den Mantel um die Schultern, brachte sie hinunter in die Halle und hinaus zu meinem Wagen, und wir fuhren aus der Stadt hinaus, irgendwohin – bis wir in Sacramento landeten. Wir hatten ein prima Abendessen im ›Senator‹, und zuletzt waren alle Probleme vorläufig geklärt. Auf der Rückfahrt tätschelte sie immer wieder meine Hand und sagte, sie hätte sich unsterblich in mich verliebt, und ich erwiderte, daß mir das sehr gelegen komme. Komisch, daß die dümmsten Dinge, die man im Leben sagt, viel mehr bedeuten als all das Gescheite, und daß man sich bis ans Ende daran erinnert.

Wir kamen spät zurück nach Reno, und es muß schon nach zwei Uhr nachts gewesen sein, als mein Telefon klingelte. Es war Keyes.

»Ed, haben Sie die Abendzeitungen gesehen?«

»Wegen dem Dienstmädchen?«

»Ja, genau das meine ich.«

»Nein – aber ich war dabei, als sie ihre Aussage machte.«

»Kommt Ihnen da nicht einiges sehr merkwürdig vor?«

»Sie hatte es bis dahin nicht gewußt, da sie angeblich die ganze Zeit über in ihrem Zimmer gewesen war.«

»Kennen Sie sich mit englischen Dienstmädchen aus?«

»Bedaure – ich kann mir überhaupt kein Dienstmädchen leisten.«

»Ich auch nicht, aber der junge Norton hat immer drei oder vier um sich herum, und ich besuche ihn gelegentlich in seiner Privatwohnung. Ed, sie sind die klatschsüchtigsten, neugierigsten Wesen, die es auf Erden gibt, und ich kann mir einfach nicht vorstellen, wie es dieses Mädchen, wo doch oben etwas Spannendes und Romantisches vor sich zu gehen versprach, in seinem Zimmer ausgehalten hat, ohne auch nur ein einzigesmal Mrs. Delavan anzurufen.«

»Was meinen Sie mit etwas Romantischem?«

»Nun, die Rückkehr des früheren Ehemannes.«

»Moment mal – wenn es in Sachen Jane Delavan eine Romanze gibt, dann mit mir.«

»Schön und gut – aber glauben Sie, daß das Mädchen darüber Bescheid weiß?«

»Es würde mich kaum wundern.«

»Ed, da stimmt doch was nicht. Der Exgatte taucht unvermutet auf, gibt ihr zehn Dollar, damit sie den Mund hält, und bei seinem zweiten Besuch läßt sie ihn auf seine ehemalige Frau und ihre derzeitige Herrin warten. Ich garantiere Ihnen, die platzte vor Neugier, alles herauszufinden, was da vor sich ging. Trotzdem hat sie angeblich nicht einen einzigen Versuch unternommen, wenn man den Zeitungen Glauben schenken darf. Oder ist das nicht der Fall?«

»O doch, zumindest in diesem Punkt scheint der Bericht zu stimmen.«

»Na ja, ich danke Gott, daß es nicht meine Sorge ist.«

»Ebensowenig wie die meine.«

»Diesmal können wir ruhig zusehen.«

»Genau. Also tun wir's – tun Sie's.«

8

Die gerichtliche Voruntersuchung fand am folgenden Abend in einer Leichenhalle an der Sixth Street statt, und Jane war nicht als Zeugin vorgeladen worden, aber die Polizeibeamten hatten sie gebeten, trotzdem daran teilzunehmen für den Fall, daß irgend etwas Unerwartetes dabei rauskommen sollte. Also brachten wir das Dienstmädchen hin, und auch Keyes war bereits an Ort und Stelle, zusammen mit Mrs. Sperry, einem berühmten Rechtsanwalt aus Reno namens Morton Lynch und einem glupschäugigen Kerl namens Biggs, der dauernd an seinem Derbyhut herumfummelte, offenbar Mr. Sperrys Leibdiener oder Butler; zumindest glich er dem Augenschein nach der Person, die nach dem Bericht des Privatdetektivs in jener Nacht

Mrs. Sperrys Appartement betreten und nicht wieder verlassen hatte. Mrs. Sperry trug Schwarz und einen Witwenschleier, aber einen, durch den man hindurchschauen konnte. Sie achtete weder auf Jane noch auf das Dienstmädchen, und nachdem wir uns gesetzt hatten, nickte sie mir mit einem kleinen, traurigen Lächeln zu. Auch einige Zeitungsreporter waren da, mit drei oder vier anderen, die zwar keine Reporter waren, aber so taten als ob. Leute, die im Auftrag der Schadensregelung arbeiteten, so daß ich erkennen konnte, daß hier vermutlich ein Versicherungsfall mit einigen Komplikationen vorlag. An einem Tisch saßen mehrere Polizeibeamte; jenseits der Schranke war der Begräbnisunternehmer und weiter hinten ein Tisch, auf dem etwas lag, was man mit einem Tuch bedeckt hatte. Der ganze Raum war kaum größer als mein Büro, und wir saßen alle auf Klappstühlen, die man in Reihen mit einem Durchgang in der Mitte aufgestellt hatte. Jeder, der hereinkam, wollte sich erst in einer der zwei vordersten Reihen auf der rechten Seite niederlassen, doch die Polizisten scheuchten ihn jeweils rasch wieder weg. Es zeigte sich danach, daß diese Plätze für die Jury vorbehalten waren.

Der Coroner war ein gewisser Dr. Hudson, dem ich schon ein paarmal begegnet war, und als er den Raum betrat, erhoben sich die Polizeibeamten. Er war ein vierschrötiger, kleiner Kerl. Nachdem er sich niedergelassen und einige Akten aus seiner Mappe studiert hatte, schlug der Sergeant, der Jane tags zuvor besucht hatte, mit der flachen Hand mehrmals auf den Tisch, um Ruhe zu fordern, und fragte danach alle Vorgeladenen, ob sie bereit seien, ihre Aussagen zu beeiden. Dann bat er sie, die rechte Hand zu erheben und ihm die Eidesformel nachzusprechen. Anschließend rief er das Dienstmädchen Jenkins und den Butler auf, den Toten zu identifizieren, und als sie danach gefragt wurden, ob sie ihn erkannt hätten, bestätigten sie dies und weiter, daß es sich um Richard Sperry handelte, der ihres Wissens auf den Bermudas lebte. Danach fragte der Sergeant, ob noch jemand der Anwesenden den Toten zu identifizieren wünsche oder zu diesem Teil der Untersuchung etwas beizutragen habe, und er schaute dabei Mrs. Sperry an, die den Kopf schüttelte und sich mit dem Taschentuch die Augen abtupfte. Dann ließ er zwei Uniformierte berichten, wie sie in ihrem Streifenwagen von dem Vorfall benachrichtigt wurden, wie alles in jener Nacht abgelaufen war, jedenfalls aus ihrer Sicht. Danach wurde der Notarzt, der den Tod des Richard Sperry festgestellt hatte, in den Zeugenstand gerufen. Anschließend kamen die beiden Gerichtsmediziner mit ihrem Autopsiebericht, und sie warfen nur so mit Fachausdrücken um sich, doch es lief vermutlich darauf hinaus, daß der Verstorbene an einem Schädelbruch dahingegangen war. Der Coroner hatte ein kurzes Zwiegespräch mit dem Sergeanten und rief dann das Mädchen in den Zeugenstand. Sie berichtete fast wörtlich das gleiche, was sie den Polizisten bereits gesagt hatte. Anschließend schaute sich der Coroner nach allen Seiten um und fragte, ob irgend jemand darüber hinaus noch Kenntnisse über den Hergang dieses Falles besitze. Er erwartete keine Antwort, denn er steckte bereits seine Akten wieder in die Mappe. Und auch Keyes rechnete nicht mit einer Wendung, was man aus der Art und Weise erkennen konnte, wie er sich im Flüsterton mit Anwalt Lynch unterhielt. Sein Kopf hätte nicht schneller herumschnellen können, wenn ein Revolver abgefeuert worden wäre, als sich Mrs. Sperry wie ein Gespenst aus der Versenkung erhob, in den Gang zwischen den Stuhlreihen trat und langsam auf den Zeugenstuhl zumarschierte. Dort angekommen, sagte sie: »Ja, ich.«

»Sie haben über die bereits bekannten Tatsachen hinaus Kenntnisse dieses Vorfalls, Mrs. Sperry?«

»Ja, die habe ich.«

»Mehr, als Sie gegenüber der Polizei ausgesagt haben?«

»Der Polizei habe ich nur die nackten Tatsachen mitgeteilt – daß ich den Abend in meinem Appartement verbrachte, daß ich nicht bei meinem Mann war, als er sein tragisches Ende fand, und daß ich nicht mehr zu berichten habe.«

»Wollen Sie damit andeuten, daß seither andere Dinge ans Licht gekommen sind?«

»Nein. Ich meine, daß ich noch mehr zu berichten habe.«

»Was Sie zuvor – verschwiegen?«

»Ich mußte mich erst über meine rechtliche Situation ins klare setzen.«

»In welcher Hinsicht?«

»Im Hinblick auf den Freitod.«

»Ich fürchte, ich verstehe nicht, was Sie meinen.«

»Nun, wie pflegt man so etwas in diesem Land zu bezeichnen?«

»Ich nehme an, Sie meinen den Begriff ›Selbstmord‹.«

»In England begehen nur die geistig Kranken Selbstmord.«

»Ich kann Ihnen leider nicht folgen.«

»Die anderen, und ich kann Ihnen versichern, daß mein Mann geistig so normal war wie Sie und ich – *felo de se* begehen, ist nach englischem Gesetz ein krimineller Akt.«

»Mrs. Sperry, ich weise Sie daraufhin, daß diese Sitzung in den Vereinigten Staaten stattfindet.«

»Aber der Besitz meines Mannes befindet sich in Bermuda. Und dort findet auch die Nachlaßregelung statt.«

»Ist der Besitz von Mr. Sperry in irgendeiner Weise dadurch betroffen, Mr. Lynch?«

»Ich würde sagen, ja.«

»Sie meinen die Lebensversicherung und eine mögliche Selbstmordklausel?«

»Ich spreche nicht von der Versicherung. Es gibt keine Versicherung zugunsten von Mrs. Sperry, jedenfalls wissen wir nichts davon. Ich bin nicht bereit, hier über den Daumen gepeilt anzugeben, inwieweit nach englischem Gesetz der Besitz eines Mannes betroffen ist, der Selbstmord begangen hat. Ich kann Ihnen nur sagen, für den Fall, daß der Spruch auf Selbstmord lautet, besteht die Wahrscheinlichkeit, daß der Nachlaß automatisch als Besitz eines Kriminellen betrachtet werden wird, der meines Wissens anderen rechtlichen Regelungen unterliegt als der Besitz unbescholtener Personen. Und im Fall von Mr. Sperry besteht dieser Besitz zum Großteil aus Copyrights an bedeutungsvollen wissenschaftlichen und technischen Arbeiten, die möglicherweise verfallen, da höchstwahrscheinlich einem Kriminellen in England kein Recht an solchen Copyrights zugebilligt wird. Ich muß zugeben, daß dies ein Fall ist, der es einem amerikanischen Anwalt wegen seiner komplizierten Lage fast unmöglich macht, irgendwelche Voraussagen und Mutmaßungen zu treffen. Und ich möchte hinzufügen, daß ich als ihr Rechtsberater Mrs. Sperry nahegelegt habe, daß sie nicht verpflichtet ist, und auch meiner Ansicht nach nicht dazu gedrängt werden sollte, irgendwelche diesbezüglichen Aussagen zu machen, da man schließlich eine Ehefrau nicht dazu zwingen kann, über ein mögliches Verbrechen ihres Mannes auszusagen –«

»Aber hier in diesem Land ist das, was Mr. Sperry vermutlich getan hat, kein Verbrechen.«

»Entschuldigen Sie, aber nach genauer Jurisdiktion könnte es als ein Verbrechen angesehen werden.«

»Sie ist natürlich nicht verpflichtet, diesbezügliche Aussagen –«

»Aber ich werde diese Aussagen dennoch machen.«

»Nun, was ist es, das Sie uns mitteilen wollen, Mrs. Sperry?«

»Ich sah, wie mein Mann in den Tod sprang.«

Der Wortwechsel war bisher keineswegs scharf, eher freundlich geführt worden, und alle Anwesenden zeigten sich milde interessiert, denn diese englischen Gesetze waren den meisten neu, aber nun, als sie das gesagt hatte, erhob sich ein allgemeines Raunen, das sich anhörte, als sei mitten im Raum ein Hornissennest aufgestochert worden. Der Sergeant schlug wieder mit der Hand auf die Tischplatte, und es wurde ruhiger. Aber allein die Tatsache, daß einer der Reporter wie ein geölter Blitz aufsprang und davonrannte, zeigte, welch sensationelle Wendung der Fall nun doch genommen hatte.

Der Coroner starrte Mrs. Sperry an und fragte dann: »Waren Sie denn zu dieser Zeit bei ihm? Im Gegensatz zu der Aussage, die Sie gegenüber den Polizeibeamten gemacht haben?«

»Ich war da, wo ich laut meiner Aussage gewesen bin. In meinem Appartement.«

»Fahren Sie fort, Mrs. Sperry.«

»Ich saß am Fenster und war zutiefst deprimiert.«

»Über irgend etwas im Zusammenhang mit diesem Ereignis?«

»Über das, was mein Mann zuvor gesagt hatte. Er hatte erklärt, er wolle sich das Leben nehmen.«

»Hat er denn schon früher eine diesbezügliche Absicht geäußert?«

»Er sprach oft davon.«

»Auch in letzter Zeit?«

»Zuletzt an jenem Abend.«

»Hatte er irgendeinen Anlaß zu dieser – Verzweiflungstat?«

»Nein, nicht im mindesten.«

»Aber es muß doch irgendeinen Anlaß gegeben haben.«

»Als wir nach dem Dinner nach oben kamen, sagte er: ›Es ist doch merkwürdig: Jedermann beneidet mich. Ich bin erfolgreich, mein Vaterland ist mir in überaus großzügiger Weise verbunden, ich habe eine schöne Frau, die ich liebe, und meine Liebe wird in gleicher Weise erwidert. Ich habe alles, was man sich im Leben wünschen kann. Aber ein echter Selbstmörder findet immer einen Anlaß zu seiner Tat. Und früher oder später werde ich es tun...‹ Seine Gründe waren so sinnlos und lächerlich wie stets, wenn er davon sprach. Jedenfalls für mich. Und doch, ja vielleicht gerade deshalb, fühlte ich, daß er mich davor warnen wollte.«

Sie nahm ihr schwarzes Taschentuch heraus, wischte sich die Augen und fuhr fort: »Ich weiß nicht, wie lange ich dortgesessen habe. Er war nach diesem Gespräch weggegangen. Kurz vor neun, wie ich mich erinnere. Plötzlich bemerkte ich eine Bewegung über mir. Über mir, auf der Querseite des Hotels, der Seite, die der Straße zugewandt ist. Ein Mann erschien in einem der Fenster und lehnte sich weit hinaus. Ich konnte ihn nicht erkennen, doch ich fand, er benahm sich höchst merkwürdig. Gleich darauf kletterte er auf den Sims, ließ die Beine nach unten baumeln und starrte gebannt hinunter auf die Straße. . .«

»Einen Augenblick, Mrs. Sperry. War das das Fenster von Mrs. Delavans Appartement?«

»Ich weiß nicht, wo sich ihr Appartement befindet.«

»Sie wohnen im südlichen Flügel des Hotels?«

»Ja, im siebten Stock.«

»Und geht Ihr Appartement auf den Park hinaus?«

»Nicht das ganze Appartement. Nur das Wohnzimmer.«

»Dann befindet sich das Wohnzimmerfenster schräg gegenüber den Fenstern von Mrs. Delavans Appartement.«

»Ja, ich nehme es an. Ich weiß nicht, wie lange es gedauert hat. Mir kam es vor wie ein Jahrhundert, aber ich glaube, es dauerte höchstens ein paar Sekunden. Ich hatte eine schreckliche Ahnung, wer der Mann da drüben sein könnte, sprang auf, öffnete das Fenster und rief laut hinüber. Ich erinnere mich, daß ich das Fenster nicht gleich aufbrachte, aber ich bin mir nicht ganz sicher. Dann sprang der Mann hinunter. Er stieß sich vom Fensterbrett ab und sprang. Von da an erinnerte ich mich an nichts mehr, nur, daß ich später auf dem Teppich erwachte und mich zu Tode elend fühlte. Wie lange ich dort gelegen habe, weiß ich nicht mehr. Ich stand auf, ging ins Bad, um mir kaltes Wasser übers Gesicht laufen zu lassen, betrat dann das Schlafzimmer. Kurz danach läutete das Telefon. Es war die Polizei, und sie fragten, ob sie heraufkommen könnten.«

»Und bei dem folgenden Gespräch haben Sie verschwiegen, was Sie beobachtet haben?«

»Nicht absichtlich – jedenfalls nicht zu Beginn.«

»Was haben Sie den Beamten nun wirklich mitgeteilt?«

»Ich habe ihre Fragen beantwortet. Wer ich bin, seit wann ich mich in Reno aufhalte, wo ich den Abend verbracht hatte. Es dauerte eine ganze Weile, bis ich erkannte, daß sie im Grunde noch gar nicht wußten, was da geschehen war, sondern nur mutmaßten. Und zugleich wurde mir klar, daß niemand außer mir ihn gesehen hatte. Kein Wunder, denn es ist durchaus nicht üblich, daß Hotelgäste zu einer solchen Nachtzeit am Fenster sitzen und hinausschauen. Da, in diesem Augenblick, entschloß ich mich, keine weiteren Aussagen zu machen, ehe ich nicht den Rat eines Rechtsanwalts eingeholt hatte.«

»Die Polizei sagte Ihnen, daß Ihr Mann zuvor in der Bar gewesen war?«

»Ich glaube, ja.«

»Und Sie fanden es nicht sonderbar, daß er danach da hinaufgegangen war?«

»Wo hinauf denn? Ich wußte doch nicht, wessen Appartement das war.«

»Sie können sich nicht vorstellen, was er da oben wollte?«

»Ich nehme an, er hatte seine Gründe.«

»Ja, ich glaube, das wäre alles.«

»Noch etwas, Doktor«, meldete sich der Anwalt.

»Ja, Mr. Lynch?«

»Ich meine, Sie sind Mrs. Sperry noch eine Rechtfertigung schuldig, Doktor. Da Sie dem hier von Mrs. Sperry abgelegten Zeugnis volles Gewicht und Glaubwürdigkeit zubilligen müssen und es in keiner Weise als subjektive Angelegenheit abtun können, ich meine, da es ihr nicht nur darum ging, ihr Herz zu erleichtern, sollten Sie die Jury darauf aufmerksam machen, ehe sie ihren Spruch fällt, daß die Verzögerung, oder wenn Sie so wollen, das anfängliche Zurückhalten ihrer Aussage, in keiner Weise ihre Glaubwürdigkeit beeinträchtigt. Schließlich war sie weder hier noch vor der Polizei verpflichtet, eine derartige Aussage zu machen.«

»Mr. Lynch, warum sagen Sie es der Jury nicht selbst?«

»Nun gut, dann habe ich hiermit die Jury darüber in Kenntnis gesetzt.«

»Mrs. Sperry«, begann der Coroner noch einmal, »darf ich auf einen Punkt zurückkommen, den Sie klären könnten, eine Frage, die mehr mit Ihrer Glaubwürdigkeit zu tun hat als alle Gesetze, die Mr. Lynch kennt, und ich bin überzeugt, er kennt mehr als wir alle. Warum lehnten Sie seinen wohlgemeinten Rat ab und sagen uns das alles?«

»Aus Respekt vor der vollen Wahrheit.«

»Selbst, wenn dabei der Besitz Ihres Mannes an den Staat fallen könnte?«

»Ein reines Gewissen ist mir mehr wert als aller Besitz.«

An den Gesichtern der Jury, als sie aus dem Beratungszimmer zurückkam, konnte man bereits erkennen, daß man sich entschlossen hatte, ihr alle Möglichkeiten offenzulassen. Der Spruch lautete, daß Mr. Richard Sperry an den Folgen eines Fenstersturzes gestorben sei, der ›auf eine dem Gericht nicht bekannte Weise herbeigeführt worden ist‹.

9

Ich war draußen auf der Straße und wartete auf Jane, während sie noch bei dem Mädchen stand, das den Polizeibeamten ein paar weitere Fragen beantwortete, und ging vor dem Gebäude auf und ab, als ich Keyes erblickte, der an der Straßenecke stand und auf den Fluß hinunterstarrte mit einem Ausdruck wie damals, als er in der Nacht neben mir im Auto gesessen hatte. Ich schlenderte zu ihm hin, und wir standen eine Minute oder zwei schweigend nebeneinander, ehe er sagte: »Ed, wenn einer unserer Kunden stirbt, geben Sie dann den Scheck mit der Ausgleichssumme persönlich ab?«

»O ja, grundsätzlich.«

»Wie benimmt sich die Frau in einem Selbstmordfall?«

»Sie meinen die Witwe?«

»Ja. Wie reagiert sie?«

»Nun, in der Regel ist sie nervös und durcheinander. Das ist doch ganz natürlich.«

»Ich würde sagen, es ist ihnen schrecklich zuwider.«

»Na ja, wer freut sich schon über den Besuch des Leichenbestatters!«

»Das ist es nicht, was ich meine. Sie fühlen keine Trauer. Es ist – eine Art Empörung. Vielleicht sprechen sie es nicht aus, aus Stolz. Aber sie haben einen ganz bestimmten Blick in den Augen. Sie sehen es als eine Beleidigung an, als Herabsetzung ihrer Ehe, und vor allem als Herabsetzung ihrer eigenen Würde... Haben Sie nicht da drinnen eben etwas Derartiges beobachtet?«

»Ich fand, Mrs. Sperry hat sich sehr würdevoll betragen.«

»Aber wieviel Bitterkeit kam dabei zum Ausdruck?«

»Bitterkeit? Habe ich eigentlich nicht bemerkt«, erwiderte ich erstaunt.

»Sehen Sie, ich auch nicht. Ich habe nun den überwiegenden Teil von zwei Tagen mit ihr verbracht, und ich war mehr als überrascht, keinerlei Verbitterung bei ihr feststellen zu können. Sicher, ein paarmal war sie sehr niedergeschlagen, aber ohne irgendwelche Vorwürfe gegen wen auch immer zu erheben. Nein, im Gegenteil, als ich mit ihrem Anwalt das eine oder andere besprochen habe, zeigte sich immer wieder, daß sie die Sache als eine Art Unfall zu betrachten vorzog. Und jetzt erklärt sie plötzlich, daß sie gesehen hat, wie es geschah, und daß sie es aus rechtlichen Gründen bisher verschwiegen hat – aber es waren genau die Gründe, die sie mir sehr wohl vorgetragen hätte, wenn es so gewesen wäre, wie sie behauptete. Außerdem halte ich es für gänzlich absurd, anzunehmen, daß eine Frau eine Woche lang im selben Hotel wohnt wie die frühere Frau ihres Mannes und nicht einmal weiß, in welchem Appartement die andere untergebracht ist. Und noch etwas. Auch ohne irgendwelche rechtlichen oder versicherungstechnischen Folgen habe ich noch nie jemanden erlebt, der freiwillig zugibt, daß einer seiner Familienangehörigen Selbstmord begangen hat. Das ist eine Sache, die man unter allen Umständen geheimzuhalten pflegt, und die man einfach nicht wahrhaben will. Bei all meiner Erfahrung in solchen Dingen habe ich noch nie eine Ausnahme von dieser Regel erlebt. Daher sage ich mir: Wenn jemand so etwas freiwillig und in aller Öffentlichkeit behauptet, dann nur, um etwas anderes damit zu verbergen.«

»Als da wäre?«

»Das, was sie in Wirklichkeit gesehen hat.«

»Spucken Sie's schon aus, Keyes. Worauf wollen Sie hinaus?«

»Ed, dieser Lynch sagte zwar, es gebe keine Versicherungsprobleme, aber wir wissen es besser, allein schon aus der Tatsache, daß ein paar Versicherungsleute bei der Verhandlung anwesend waren. Was wir nicht wissen, ist das, was diese Versicherungsbeauftragten bei ihren Nachforschungen herausbekommen könnten. Und der einfachste Weg, sich diese Leute vom Hals zu schaffen, wenn es wirklich in dem Vertrag eine Selbstmordklausel gibt, wäre eine Zeugenaussage im Verlauf einer gerichtlichen Voruntersuchung, eine Aussage eines Augenzeugen. Damit wäre der Fall abgeschlossen: für die Polizei, die sich lediglich um Gesetzesübertretungen kümmert, und auch für diese Versicherungsdetektive, die sich nur für das interessieren, was ihre Gesellschaft von der Verpflichtung enthebt, die Schadenssumme auszubezahlen... Ed, ich muß zugeben, daß mich die ganze Sache zutiefst beunruhigt.«

»Sie meinen, Ihre Herzensdame hält Sie zum Narren?«

»Die Sache ist irgendwie verdächtig. Und ich war – «

»In sie verliebt?«

»Ich muß es unumwunden zugeben, ja. Aber wenn sie andererseits das alles auf sich nimmt, nur um den guten Ruf ihres verstorbenen Mannes zu retten, um irgendeinen Skandal zu vertuschen, der ans Tageslicht käme, wenn man den Fall genauer beleuchtete – «

»Sie ist eben noch immer Ihre Herzensdame.«

»Sie haben recht. Und sie ist eine gebildete Frau, das wissen Sie so gut wie ich.«

»Wir würden es zumindest wissen, wenn sie – «

»Dagegen diese andere, diese Mrs. Delavan – «

»Ach, das meinen Sie. Jane ist also in Ihren Augen der Skandal!«

»Nun, immerhin ist es in ihrem Zimmer passiert, und sie war Sperrys frühere Frau.«

Ich verzichtete darauf, ihm einen Kinnhaken zu verpassen, was Sie vermutlich enttäuschen wird. Später am Abend kam das Gespräch noch einmal auf Versicherungsangelegenheiten zurück. Ich war in Janes Appartement, und sie hatte ihren Kopf an meine Schulter gelegt und war ruhig und sanft, als sie erklärte: »Ich wäre niemals imstande, mich über den Tod eines anderen zu freuen, aber ich kann auch nicht übersehen, daß dieser Vorfall den Schlußstrich unter eines der scheußlichsten Kapitel meines Lebens zieht. Ich habe nicht das geringste mit Dicks verzweifeltem Entschluß zu tun und kann mir auch den Anlaß dazu nicht denken. Dennoch – damit ist er ein für allemal aus meinem Leben verschwunden. Schluß. Ende. Nicht, daß ich mich darüber freue, aber zum erstenmal seit langer, langer Zeit fühle ich mich ruhig, ist Frieden bei mir eingekehrt.«

Das Telefon läutete.

Ich kümmerte mich nicht darum und zündete mir eine Zigarette an, während sie hinüberging ins Schlafzimmer, um das Gespräch entgegenzunehmen. Sie blieb nur kurz weg, und als sie zurückkam, sagte sie: »Was kann er nur damit gemeint haben? ›Etwas mit der Versicherung tun –‹?«

»Wer war denn am Apparat?«

»Ich glaube, er hieß Ireland.«

»Ein Verbindungsmann. Zwischen verschiedenen Versicherungsgesellschaften.«

»Aber es gibt doch gar keine Versicherung.«

»Wenn er dich angerufen hat, anscheinend doch.«

»Es hat mal eine gegeben, aber die Police ist längst verfallen.«

»Besitzt du sie noch?«

»Sie ist in Kennebunkport.«

»In Maine?«

»Meine Familie wohnte dort, als ich von den Bermudas zurückkam. Wir haben ein Sommerhaus dort. Es lag Jahre zurück, seit ich meine Bankverbindungen in New York abgebrochen hatte, also brachte ich die Police dort in ein Safe-Depot. Als wir das nächstemal hinkamen, war gerade Labor Day, und wir konnten nichts unternehmen, ebensowenig wie mit den anderen Dokumenten, die ich noch dort liegen hatte. Aber ich hielt es nicht für so wichtig, vor allem, da wir im Herbst zum Skilaufen wieder dort sein wollten. Dann kamen alle möglichen Dinge dazwischen. Und ich erhielt mehrere böse Briefe von Dick über die Versicherungspolice. Er wollte sie vermutlich auf diese andere Frau umschreiben lassen, und dazu brauchte er das Dokument. Ich dagegen war nicht bereit, nur wegen einer Versicherungspolice für eine Frau, die ohnehin vor Geld stank, nach Maine zu fahren. Glaub mir, daß ich keinen Anlaß hatte, mich wegen dieser Person auch noch in Unannehmlichkeiten zu stürzen. Zuletzt erhielt ich einen ganz knappen, noch viel böseren Brief von Dick, in dem er mir mitteilte, er habe die Versicherung streichen lassen. Oder nein, er sagte ›verfallen‹, ja, das war es.«

»Und hat er das auch getan?«

»Woher soll ich das wissen? Ich habe seitdem nicht mehr mit ihm darüber gesprochen.«

»Wenn er das getan hat, ist er ein kompletter Narr gewesen.«

»Warum?«

»Wenn man mal eine Versicherung abgeschlossen hat, wäre es Wahnsinn, sie verfallen zu lassen. Schließlich kann man nie wissen... Er müßte sich erneut einer Untersuchung durch den Vertrauensarzt unterziehen, eine wesentlich höhere Prämie zahlen, und dann besteht das Risiko, daß es aus irgendwelchen Gründen nicht zum Abschluß kommt. Ich nehme an, er hat sie trotzdem weiterlaufen lassen und wartete darauf, sie auf seine jetzige Frau übertragen zu können. Und das heißt, daß du die Summe in Anspruch nehmen kannst, es sei denn – «

»Was?«

»Daß eine Selbstmordklausel vorliegt, die die Auszahlung verhindert.«

»In diesem Fall könnten sie sich weigern, zu zahlen?«

»Immer vorausgesetzt, die Versicherung ist noch in Kraft. Wann wurde die Police ausgestellt? Vermutlich, ehe deine Ehe mit Sperry in die Brüche ging.«

»Es gab, genau gesagt, mehrere Policen. Die kleineren, insgesamt über eine Summe von zweitausendachthundert Dollar, sind vor fünf Jahren ausgestellt worden. Die große über fünfundzwanzigtausend Dollar wurde vor etwa zwei Jahren abgeschlossen.«

»Diese Selbstmordklauseln gelten normalerweise nur über eine Zeitspanne von zwei oder drei Jahren nach dem Abschluß.«

»Ed, mir kommt da plötzlich ein schrecklicher Verdacht. Darum hat sie dieses seltsame Geständnis vor dem Gericht abgelegt! Ich meine, heute nachmittag, bei der Voruntersuchung. Ed, ist dir nicht auch aufgefallen, daß das Ganze so – so unwahrscheinlich klang? Vielleicht nicht, denn du hast Dick ja nicht gekannt. Ich hätte alles mögliche von ihm erwartet, aber doch nicht... Andererseits ist es unwahrscheinlich, daß sie nur lügt, weil sie mir das Geld nicht gönnt. Oder meinst du, sie haßt mich so sehr?«

»Sie würde obendrein ein großes Risiko eingehen.«

»Ja, natürlich . . . Was soll ich jetzt tun?«

»Besorg dir die Policen.«

»Ich kann nicht.«

»Du mußt.«

»Ich müßte persönlich in Maine erscheinen, kann aber Reno nicht verlassen. Wenn ich das tue, verliere ich den Anspruch auf Einbürgerung und ich müßte noch einmal von vorne anfangen.«

»Okay, fang noch einmal von vorne an, aber beschaff dir die Policen.«

»Dann muß ich nochmal volle sechs Wochen hierbleiben, und –«

»Was sind schon sechs Wochen? Abgesehen davon, vielleicht bleibst du für den Rest deines Lebens hier.«

»Daran habe ich jetzt gar nicht gedacht.«

»Okay, dann denk mal dran.«

»Du meinst, mit dir – ist es das, was du denkst?«

»Ja – so in etwa.«

Gegen Mitternacht fuhr ich hinunter und traf Keyes in der Halle, der dort auf mich gewartet hatte. Ich ging einfach an ihm vorbei, denn ich war ihm noch immer böse über das, was er gesagt hatte, doch dann dachte ich, Schwamm drüber, er ist nun mal ein Typ, der von aller Welt gehaßt wird, warum sollte ich mich also noch lange über ihn aufregen. Dennoch klang es vermutlich nicht sonderlich freundlich, als ich ihn fragte, was er denn noch von mir wolle, und ich ließ mir Zeit, ehe ich seiner Aufforderung nachkam und mich zu ihm setzte. Er nahm einen Füllfederhalter aus der Tasche und hielt ihn mir vor die Augen. »Sie werden sich wundern, wenn ich Ihnen sage, woher der stammt.«

»Ich habe ihn nie zuvor gesehen.«

»Ich auch nicht, Ed. Der Barkeeper hat ihn mir gegeben.«

»Mir hat er noch nie einen Füller mit Goldfeder geschenkt.«

»Er hat ihn mir gegeben, damit ich ihn Mrs. Sperry zurückgebe.«

»Warum ihr?«

»Er wurde abgegeben. Der Füllfederhalter gehört Sperry, und da man mich hier oft mit Mrs. Sperry gesehen hat, dachte der Barkeeper, ich würde ihn ihr zurückgeben wollen. Sperry hatte ihn ausgeliehen an jemanden, der sich den Titel eines seiner Bücher aufschreiben wollte und vergaß, ihn zurückzugeben, ehe Sperry nach oben ging. Der Barkeeper hat offenbar an jenem Abend einen Anruf erhalten, von Mrs. Sperry. Sie bat ihn, Sperry daran zu erinnern, daß er seine Verabredung mit der kleinen Lady einhalten sollte, die oben auf ihn warte.«

»Wer soll das gewesen sein?«

»Das hat sie nicht gesagt. Aber der Barkeeper richtete es Sperry aus, und der ging nach oben.«

»Okay, Keyes, aber warum hat das der Barkeeper nicht zu Protokoll gegeben?«

»Warum hätte er das tun sollen? Es entsprach genau dem, was er aus den Zeitungen über den Fall wußte, und wer hat schon Lust, sich in eine Angelegenheit wie diese zu mischen, ohne daß er einen triftigen Grund hat dafür? Seiner Meinung nach hatte dieser Anruf keinerlei Bedeutung. Wir dagegen wissen, daß er sich täuscht. In dieser Nacht ist etwas vor sich gegangen, was Mrs. Sperry lieber vertuschen möchte, und bis jetzt ist ihr das auch gelungen.«

»Auf Janes Kosten, könnte man sagen.«

»Wie das?«

»Na, wie schon? Wegen der Selbstmordklausel, natürlich.«

»Oh – es besteht also doch eine Versicherung?«

»Es sieht ganz danach aus.«

»Jetzt bekommt die Sache allmählich Sinn.«

»Langsam, langsam. Aufgrund der Aussage eines Barkeepers –«

»Aber Ed, warum sollte er sich so etwas zusammenreimen?

Außerdem habe ich es bereits überprüft. Ich habe das Mädchen an der Telefonvermittlung befragt, ob sie sich erinnerte, daß jemand gegen elf mit der Cocktailbar verbunden werden wollte, und sie erinnerte sich genau. Mrs. Sperry habe angerufen und Alec, den Barkeeper, sprechen wollen. Sie habe das Gespräch durchgesteckt.«

»Sagen Sie mal – ist das eigentlich Ihr Fall?«

»In gewisser Weise, ja.«

»Ich wußte nicht, daß unsere Gesellschaft beteiligt ist.«

»Ed, ich habe Ihnen doch gesagt, da ist noch etwas, was ich herausbringen muß. Wenn sie wirklich etwas vertuscht, eine Sache, bei der sie selbst Dreck am Stecken hat, wäre das ein Schlag für mich – ein schwerer Schlag, wie ich zugebe. Aber wenn sie es für jemand anders vertuscht, wäre das – ja, das wäre wunderbar für mich.«

»Was könnte sie denn Ihrer Ansicht nach vertuschen wollen?«

»Nun, zum Beispiel einen Mord.«

»Sonst nichts?«

»Einen Skandal.«

Ich glaube, ich habe es bereits gesagt. Er ist einer von denen, die den anderen ständig auf den Nerven herumtrampeln. Man möchte ihm am liebsten die Visage polieren, tut es dann aber aus unerfindlichen Gründen doch nicht. Und wieder einmal bekam er den bewußten verträumten Blick und sagte: »Wir wissen jetzt ziemlich sicher, was das für ein Skandal ist, und wer dahintersteckt. Und der Anruf zeigt, daß Mrs. Sperry genau Bescheid wußte. Ich glaube, allmählich lichtet sich der Nebel.«

10

Ich lag die halbe Nacht wach mit dem mir wohlbekannten, unguten Gefühl – denn da waren schließlich der Anruf und die Versicherung, Tatsachen, die man nicht einfach großzügig übersehen konnte. Am nächsten Tag waren die Zeitungen voll mit Berichten über die Voruntersuchung, mit Schlagzeilen wie REICHE AMERIKANERIN ENTHÜLLT HINTERGRÜNDE FÜR FENSTERSTURZ IHRES MANNES, und ich wartete nur darauf, daß die Bombe zum Platzen kam. Aber ich wartete umsonst. Nach ein paar Tagen hätte man meinen können, es habe nie einen Mann namens Richard Sperry und schon gar keinen Fenstersturz gegeben. Jane war nach Osten geflogen, um die Policen zu holen, kam zurück und stellte ihre Ansprüche. Bei den kleineren gab es keinerlei Beanstandungen, sie wurden ihr ohne weiteres ausbezahlt. Bei der großen Police lief die Selbstmordklausel noch genau einen Monat, und Jane hatte nicht die leiseste Chance, etwas zu bekommen, wie mir schien, aber ich veranlaßte sie trotzdem, für alle Fälle Anspruch zu erheben. Sie mußte ihren Aufenthalt in diesem Staat neu beginnen, und zugleich begann sie mit der Erziehung meines Pferdes ›Count‹, wobei ich viele Stunden damit verbrachte, ihr vom Gatter aus zuzusehen, und Jackie bekam das bekannte Leuchten in den Augen über das, was sie als die großartigste Dressur bezeichnete, die sie je auf ihrer Ranch erlebt habe. Delavan war leicht verärgert darüber, daß Janes Aufenthalt sich nun um eine ganze Reihe von Wochen verlängerte, aber bei weitem nicht so wütend, wie wir es erwartet hatten. Am Tag nach der Verhandlung oder kurz danach erleichterte mich Keyes durch seine Ankündigung, nunmehr endgültig nach Hause fliegen zu wollen. Ich hatte schon gefürchtet, er würde sich hier seßhaft machen und diesen Haufen Geld heiraten. Die Sperry, meine ich. Aber er flog heim und blieb auch dort. Der Spätherbst rückte heran, und ich besorgte Jane ein Weihnachtsgeschenk, ein goldenes

Zigarettenetui, das sie sich schon immer gewünscht hatte. Ich ließ es gleich in Geschenkpapier einwickeln und verwahrte es in meinem Schreibtisch.

Und eines Tages machten wir uns zum Reiten auf und fuhren gerade mit dem Lift nach unten, als ein Hotelpage einstieg und einen in Decken gewickelten Foxterrier auf dem Arm hielt. Jane hatte ihn kaum gesehen, als sie schon in ein Freudengeheul ausbrach und ihn auf den Arm nahm. Es war Sperrys Hund, wie sie sagte, und er hörte auf den Namen ›Dolly‹. Aber wenn der Hund sie je zuvor gesehen hatte, so gab er keinerlei entsprechende Anzeichen von sich. Er knurrte nur leise, und der Page sagte, Dolly sei schon so seltsam seit dem Tag, als Sperry gestorben war. »Wenn nicht bald etwas geschieht, Mrs. Delavan, dann fürchte ich, wird er es nicht mehr lange machen.«

»Vielleicht kann ich helfen.«

»Oh, wenn Sie das versuchen würden . . .«

Also beschlossen wir, daß sie sich um das kleine Ding kümmerte und wenn es ihr gelungen war, Dolly aufzumuntern, wollte sie den Hund wieder unten in der Halle abgeben. Bei dieser Gelegenheit kam der Page dahinter, daß Mrs. Delavan mit Mrs. Sperry nicht in Kontakt kommen wollte. Sie sprachen noch ein paar Worte, und dann einigten sie sich darauf, daß die Erziehungslektion oben auf dem Dach stattfinden sollte. »Das habe ich von Dick«, sagte Jane. »Wenn man mit einem Hund im Hotel wohnt, ist es wesentlich einfacher, das Tier auf dem Dach spazierenzuführen – einfacher und bequemer obendrein.«

Das Hoteldach war ein Durcheinander aus Entlüftungsschächten, Kaminen und Wasserreservoirs, aber außerdem gab es eine mit Holzbohlen belegte Promenade für Sonnenanbeter, einen Badmintonplatz und eine Terrasse mit Gartenmöbeln. Wir spazierten mit Dolly herum, versuchten, sie aufzuheitern, kamen aber nicht weit damit. Nach einer Weile setzten wir uns, und Jane nahm den Hund auf den Schoß und versuchte, mit ihm zu reden. Und plötzlich fragte sie: »Was hat *sie* eigentlich noch hier zu suchen?«

»Wer? Mrs. Sperry?«

»Ja. Ich dachte, sie sei längst abgereist.«

»Vielleicht gefällt es ihr in Nevada.«

»Und was macht *er* hier? Ich meine Tom.«

»Na ja, du willst dich doch von ihm scheiden lassen, oder?«

»Richtig. *Ich* will mich von ihm scheiden lassen. Er dagegen ist hergekommen, um die Annullierung unserer Ehe zu erreichen, und jetzt hat er sich anders entschieden. Ich strebe einen Prozeß an, den er nicht anfechten kann, und es besteht nicht der geringste rechtliche Grund für ein Hierbleiben.«

»Vielleicht sagt er nur, daß er das mit der Annullierung fallengelassen hat.«

»Nein. Ich bin sicher, daß er mich nicht hintergeht.«

»Na ja, uns kann's egal sein.«

Dabei kam mir wieder der Anruf beim Barkeeper in den Sinn, über den ich ihr bisher noch nichts berichtet hatte, weil ich fürchtete, er hätte sie selbst betreffen können. Doch jetzt schien sie hundertprozentig im Gleichgewicht zu sein, und ich weihte sie in die Sache ein.

»Ed, warum hast du mir das nicht schon längst gesagt?« lautete ihre Frage danach.

»Ich fürchtete, es würde dich aufregen.«

»Du glaubst doch nicht, daß ich irgendeine Verabredung mit Dick getroffen hatte?«

»Ach was, ich war es nur satt, immer wieder von ihm zu reden.«

»Aber ich hatte ihn seit drei Jahren nicht gesehen.«

»Das sagtest du.«

»Und ich war an dem fraglichen Abend im Kino.«

»Ja, ich weiß.«

»Trotzdem – ich begreife es nicht. Ich bin sicher, der Barkeeper hat Mr. Keyes genau das gesagt, was du mir berichtet hast, und ich glaube auch, daß es so gewesen ist, aber – es paßt irgendwie nicht zu ihr. Sie würde so etwas doch nicht durch einen Barkeeper bestellen lassen, anstatt nach Dick zu verlangen und es ihm selbst zu sagen. Und daß er daraufhin in mein Appartement kam und sich des langen und breiten mit der Jenkins unterhalten hat ... Sicher, er war immer nett zu den Angestellten, aber meist sehr kurz angebunden. Daß er sich ihr in der Art und Weise anvertraute, wie sie das behauptet, halte ich praktisch für ausgeschlossen. Das alles kommt mir höchst seltsam vor.«

Inzwischen war der Hund so unruhig geworden, daß er jaulte und versuchte, sich von Jane loszumachen. Jane gab ihn mir, ging hinüber zum Badmintonnetz, machte ein Seil davon los und band das eine Ende an die Leine und das andere an ein Stuhlbein. Dann gab sie dem Hund einen Klaps und sagte ihm, er solle herumlaufen. Der Hund ließ sich das nicht zweimal sagen und rannte los, ohne uns auch nur anzusehen. Er winselte, stürmte auf den Rand des Daches zu und setzte hinunter. Ich langte nach dem Seil, verfehlte es, aber das Stuhlbein hielt es fest, und eine Sekunde danach hievte ich das kleine Bündel nach oben, das so erschreckt war, daß es seine Trauer völlig vergaß und sich so sehr an mich kuschelte, daß es fast komisch anzusehen war. Aber als ich mit Dolly auf dem Arm hinüberging zu Jane, sah diese mich nur entsetzt und wortlos an.

»Ed«, sagte sie nach einer ganzen Weile, »weißt du, was da unten ist, wo Dolly hinunterspringen wollte?«

Ich schaute nach unten und erblickte die Stelle auf dem Gehsteig, wo man Sperry gefunden hatte.

»Ed, wir sind hier genau über dem Fenster meines Appartements, aus dem Constance Sperry ihn angeblich hat springen sehen. Die kleine Lady, mit der er verabredet war, ist im Moment in deinen Armen, und er hatte eine regelmäßige Verabredung mit ihr, jeden Abend – oder zumindest jeden Abend, wenn sie bei ihm war. Er hatte Dolly vor fünf Jahren in Venezuela gekauft. Sie war hier, sie sah, was geschehen war, und deshalb sprang sie vorhin dort hinunter, wo ihr Herrchen verschwunden war. Ed, nach einem Anruf beim Barkeeper, der absichtlich so gehalten war, daß der Mann denken mußte, ich sei damit gemeint, gibt es für die Sache nur eine einzige Erklärung. Sie brachten Dolly hier herauf, gingen mit dem Hund spazieren, und Constance blieb am Geländer stehen, um den Ausblick zu bewundern oder so. Dick stellte sich neben sie. Dann – ein schneller Stoß, und bei dem niedrigen Geländer ist es durchaus denkbar, daß er das Gleichgewicht verlor und hinunterstürzte. Danach brauchte sie nur schnell in ihr Appartement zurückzueilen und auf den Besuch der Polizei zu warten.«

»Wie komisch, daß niemand sie gesehen hat.«

»Wer hätte sie denn sehen sollen?«

»Nun, der Liftboy, ein Zimmermädchen, irgendwer.«

»Vielleicht kennst du dich in Hotels nicht so gut aus wie ich. Ich weiß jedenfalls, daß man es nicht gern sieht, wenn die Gäste ihre Hunde auf dem Dach spazierenführen. Hast du vorhin das Augenzwinkern des Pagen gesehen, als ich ihm den Dollar Trinkgeld zusteckte? Und außerdem ging Dick dabei grundsätzlich über die Treppe, wo er zu dieser späten Stunde vermutlich niemanden getroffen hat. Das, und der Anruf in der Bar, der natürlich für Dick etwas ganz anderes bedeutete, als ein unbefangener Außenstehender annehmen mußte, der Ort, den sie sich dazu ausgewählt hatte – das alles diente doch nur dazu, mich verdächtig erscheinen zu lassen, vermutlich deshalb, weil sie über die Versicherungspolicen Bescheid wußte. Dennoch erschien ihr dann die Selbstmordtheorie als sicherer. Die Möglichkeit, mir die Sache in die Schuhe zu schieben, wurde nur für den Fall aktuell, daß man ihr das mit dem Selbstmord nicht abkaufte.«

»Aber weshalb hätte sie ihn töten sollen?«

»Laß mich nachdenken.«

Sie dachte nach. Und es dauerte eine ganze Weile, ehe sie sagte: »Vielleicht habe ich es jetzt.«

»Mir kommt das Ganze wenig plausibel vor.«

»Dick wollte wahrscheinlich, daß die Ehe zwischen ihnen fortbestand. Ob sie das auch wollte, ist eine andere Frage.«

»Wie kommst du darauf?«

»Aus dem Verhalten, das sie gegenüber Tom an den Tag legte. Daß sie ihn in den höchsten Tönen lobte, als er ihr von der Versicherung erzählte, die er zu meinen Gunsten abschließen wollte. Ich hielt das gleich für Honig, den sie ihm ums Maul schmieren wollte, doch was dahintersteckte, kam erst viel später ans Tageslicht. Dann die Tatsache, daß Dick Tom bedrohte – jetzt paßte eigentlich alles zusammen, und ich ging davon aus, daß die beiden Sperrys sozusagen Teamwork leisteten. Doch wenn Constance inzwischen etwas plante, was Dick nicht wußte, wenn sie jemanden gefunden hatte, den sie lieber mochte –«

»Wie Keyes, meinst du?«

»Ach was, diesen Keyes hat sie doch nur zum Narren gehalten.«

»Erzähl weiter.«

»Wenn sie hinter etwas her war, einer Sache, bei der Dick niemals mitmachen würde, dann war Toms Versuch, meine Ehe mit ihm annullieren zu lassen, für sie ein Geschenk des Himmels. Denn das würde dazu führen, daß ein Gericht in Bermuda Dicks Scheidung für ungültig erklärte, und ihre Ehe mit ihm war dann ebenfalls hinfällig. Damit war sie raus aus der Sache, brauchte keinerlei Scherereien mit Dick zu fürchten und, was das beste war, auch nicht über eine finanzielle Regelung streiten – denn vergiß nicht, sie ist diejenige, die auf dem großen Haufen Geld sitzt, nicht Dick. Dann passierte das Unglück, daß Dick Tom Angst einzujagen versuchte, und damit war ihr schöner Plan ins Wasser gefallen. Also mußte sie schnell handeln. Daher der Anruf. Daher suchte sie sich die Stelle genau über meinem Fenster aus. Und daher hat sie ihn hinuntergestoßen.«

»Keyes glaubte, sie habe eine Todesangst vor den Versicherungsdetektiven gehabt und vor dem, was sie möglicherweise herausfinden könnten. Er meinte, sie habe auf Selbstmord plädiert, weil damit der Fall abgeschlossen war und sie von keiner Seite weitere Nachforschungen zu befürchten hatte.«

»Dann glaubt er also auch, daß sie es getan hat?«

»Nein. Er glaubt, du hast es getan.«

»Ich? Meinst du das im Ernst?«

»Er meint es. Und wenn er so etwas meint, meint er es todernst.«

»Aber warum sollte ich so etwas tun?«

»Wegen der Versicherung. Oder aus Trotz.«

»Trotz – wieso?«

»Weil Sperry wieder geheiratet hat.«

»Dann muß dieser Mr. Keyes irgendwie übergeschnappt sein.«

»Er ist es – verrückt vor Liebe und Sehnsucht nach der reizenden, kleinen Constance Sperry.«

Wir gingen die Sache noch einmal ganz von vorn durch, und je ausführlicher wir sie besprachen, desto sinnvoller erschien sie uns. Jane kam wieder auf den Vorfall zurück, als sie mit Richard schwimmen gegangen war und gefürchtet hatte, nicht mehr an Land zurückzukommen. Sie erklärte, Richard sei erst so geworden, nachdem er die spätere Mrs. Sperry kennengelernt habe. Anschließend sprachen wir eine Weile über die Jenkins, und zuletzt sagte sie: »Aber Ed, was hat sie eigentlich mit der Sache zu tun?«

»Keyes findet ihre Story reichlich merkwürdig.«

»Bist du sicher, daß sie überhaupt etwas mit Sperrys sogenanntem Fenstersturz zu tun hat?«

»Nun, wenn es so passierte, wie wir uns das eben zusammengereimt haben, ist doch klar, daß sie lügt.«

»Sicher – aber warum lügt sie? Ich weiß, daß sie Constance Sperry nicht ausstehen konnte. Nachdem ich die Bermudas verlassen hatte, schrieb sie mir immer wieder, daß es die Hölle auf Erden sei, für eine Frau wie Constance arbeiten zu müssen, und flehte mich an, ich solle sie zurückholen in die Vereinigten Staaten und sie bei mir behalten. Aber es war nicht so einfach. Erst als ich herausfand, daß ihre Mutter auf der *Aquitania* als Stewardess gearbeitet hatte und sie selbst in New York geboren war, bekam ich die Arbeits- und Aufenthaltsbewilligung für sie. Glaube mir, ich habe mich sehr darum bemüht, denn ihre Briefe klangen mehr als kläglich. Ich hatte Mitleid mit ihr.«

»Wann ist sie denn in die Staaten zurückgekehrt?«

»Erst im vergangenen Monat.«

»Dann ist sie also gar nicht mit dir zurückgekommen?«

»Das war dem Gesetz nach nicht möglich.«

Nachdem wir unten in der Halle das Hündchen abgegeben hatten, fuhren wir hinauf in Janes Appartement, und sie rief die Jenkins an und bat sie zu sich.

»Einen Augenblick, Jane. Ich weiß nicht, ob wir schon etwas von dem verlauten lassen sollten, was wir eben ausgedacht haben. Ich an deiner Stelle würde der Jenkins gegenüber nichts erwähnen. Noch nicht.«

»Das habe ich auch gar nicht vor. Ich will sie nur rausschmeißen.«

»Nein, das darfst du nicht! Du vergißt etwas sehr Wichtiges!«

»Das glaube ich kaum.«

»Deine große Versicherungspolice. Die fünfundzwanzigtausend Dollar.«

»Was hat sie denn damit zu tun?«

»Nun, wenn Sperry, wie wir annehmen, gar nicht Selbstmord begangen hat, dann muß die Versicherung dir die Summe ausbezahlen. Und wenn wir aus der Jenkins herauspressen wollen, wer ihn ermordet hat, ist es besser, du behältst sie hier, bis alles vorüber ist, dann hast du sie jederzeit zur Verfügung und mußt nicht erst lange nach ihrem Verbleib forschen.«

»Ich habe nicht die Absicht, in dieser Versicherungsangelegenheit auch nur das Geringste zu unternehmen.«

»Was?«

»Ich finde, einmal muß ein Ende sein!«

Sie hatte wieder einmal diesen geschlagenen Ausdruck auf dem Gesicht und saß bereits am Sekretär, um einen Scheck über den letzten Lohn der Jenkins auszuschreiben. Und sie ließ sich nicht beirren, die größte Dummheit zu begehen, die sie im Zusammenhang mit der ganzen Geschichte tun konnte. Die Jenkins stand ganz perplex herum und fragte immer wieder, ob sie denn etwas Böses getan hätte, ob Jane es ihr nicht wenigstens erklären würde, und ob sie es nicht noch einmal mit ihr versuchen wolle. Jane erwiderte, sie habe sich bereits entschieden und müsse diese Anordnung im Hinblick auf ihre zukünftigen Pläne treffen. Bald danach ging die Jenkins weg. Ich hatte sie die ganze Zeit über genau beobachtet und den Eindruck gewonnen, daß es ihr weniger darum ging, ihren Job zu behalten, als Janes Reaktionen auf ihre Vorstellungen zu beobachten.

Als ich an diesem Abend heimkam in mein Hotelappartement, fand ich eine Nachricht vor. Ich sollte die Versicherung in Los Angeles anrufen, und zwar die Nebenstelle 22. Und als mir die Vermittlung das Gespräch durchstellte, war Keyes am anderen Ende der Leitung. »Ed, die Polizei von Reno ist über den Anruf bei diesem Barkeeper informiert.«

»Woher wollen Sie das wissen?«

»Man hat mich angerufen.«

»Warum ausgerechnet Sie?«

»Um herauszufinden, was ich darüber weiß. Schließlich hat man mich recht häufig in Begleitung von Mrs. Sperry gesehen, und außerdem war ich derjenige, der ihr den Füllfederhalter übergeben sollte.«

»Und was haben Sie gesagt?«

»Daß ich bis dahin nichts von diesem Telefongespräch wußte.«

»Na schön – damit wären Sie aus der Sache raus.«

»Ed, ich wollte Sie warnen.«

»Danke.«

»Gehen Sie dieser Lady möglichst aus dem Weg.«

»Kommen Sie her?«

»Vielleicht. Übers Wochenende.«

»Wegen den Ansprüchen dieses Taxifahrers – oder wegen Mrs. Sperry?«

»Der Taxifahrer? Der ist bereits wieder gesund und munter, und die Angelegenheit ist geregelt.«

»Schön. Wenn Sie hier sind, schauen Sie bei mir vorbei. Vielleicht kann ich Ihnen ein paar interessante Neuigkeiten bieten.«

11

Er flog also her, und zu diesem Zeitpunkt begannen die Polizeibeamten gerade, Jane in die Mangel zu nehmen. Es wurde von Tag zu Tag schlimmer. Erst fragten sie ganz höflich, ob sie sich mit ihr unterhalten dürften, und sie bat mich, bei der Vernehmung anwesend zu sein. Dann kauten sie die Sache immer und immer wieder durch; wo sie in der betreffenden Nacht gewesen sei, wann sie Sperry zuletzt gesehen habe – und sie versuchten es mehrmals mit gemeinen Fangfragen, bis ich sie in ihre Schranken verweisen mußte. Das ist das Unangenehme bei Polizeibeamten: Sie tun immer so, als ob der Befragte vor gewissen Enthüllungen Angst hätte, und wenn es sich dabei um eine Frau handelt, glauben sie ihr einreden zu müssen, daß sie sich auf ihre freundlich gemeinten, männlich-logischen Ratschläge verlassen könne. Jane hatte wieder mal den bewußten Ausdruck im Gesicht, und ich wußte nicht, wielange sie diese Art von Verhör noch durchstehen würde. Schließlich gingen sie, kamen aber bereits am nächsten Tag wieder, und alles fing von vorne an. Aus ihren Fragen konnte ich entnehmen, daß sie sich bereits mit Mrs. Sperry unterhalten hatten, aber ich ahnte natürlich nicht, was die ihnen weisgemacht hatte, denn wenn Polizisten ein Talent haben, dann ist es die Fähigkeit zu schweigen und die anderen zum Reden zu bringen. Das einzige, was für sie sprach, war die Tatsache, daß sie gegenüber der Presse dicht hielten, und das war immerhin etwas.

Als dann aber Keyes eintraf und endlich in mein Büro kam, erfuhr ich, was Mrs. Sperry gegenüber der Polizei hatte verlauten lassen. Es lief darauf hinaus, daß sie so tat, als wolle sie Jane decken, doch nachdem sie schließlich selbst mit dem Barkeeper telefoniert hatte, war sie gezwungen, anzugeben, mit wem Sperry diese nächtliche Verabredung gehabt haben mochte. Sie erklärte, Sperry habe ihr etwas über eine ›nette alte Dame‹ erzählt, die ›irgendwo hier im Hotel wohnte‹ und ›ihm ein paar Fragen über die Bermudas stellen wollte‹. Sie habe ihn gebeten, bei ihr vor dem Zubettgehen vorbeizuschauen. Das kam den Polizeibeamten ziemlich merkwürdig vor, erstens wegen dieser unbekannten ›alten Dame‹ und zweitens wegen der für eine ›alte Dame‹ doch höchst sonderbaren Besuchszeit, drittens aber, weil man trotz aller Bemühungen keine ›alte Dame‹ auftreiben konnte, auf die diese Beschreibung paßte.

»Aber Mrs. Sperry war natürlich auf die skeptische Haltung der Polizei vorbereitet, Ed. Wissen Sie, was sie ihnen daraufhin gesagt hat?«

»Ich würde wetten, etwas ganz Raffiniertes.«

»Daß sie selbst nicht an diese Verabredung mit der ›alten Dame‹ geglaubt habe.«

»Na und, ist das vielleicht nicht raffiniert?«

»Daß es ihr selbst höchst merkwürdig vorgekommen sei, und daß sie nicht zuletzt deshalb so niedergeschlagen war. Sie sei sicher gewesen, daß das mit der ›alten Dame‹ nur eine Ausrede Sperrys war, um von ihr loszukommen.«

»Komisch, daß sie ihn trotzdem an diese ›Verabredung‹ erinnerte, Keyes.«

»Das hat sie angeblich getan, um zu erfahren, wo er war.«

»Daß er in der Bar saß?«

»Na ja – beim Trinken, nicht beim Springen.«

»Und warum hat sie ihn dann selbst vom Trinken abgebracht und nach oben gerufen?«

»Um ihn zu schikanieren.«

»Na hören Sie mal, Keyes, ist das nicht raffiniert?«

»Wenn es ihr gelang, ihn genügend zu ärgern, würde er in der Bar bleiben und weitertrinken.«

»Und das alles hat sie den Polizeibeamten weisgemacht?«

»Sie ist eine kluge Frau, Ed. Und sehr vornehm.«

»Was hat das damit zu tun?«

»Ganz einfach – sie versucht noch immer, einen Skandal zu vermeiden.«

»Sperrys Skandal?«

»Seine Affäre mit – irgendwem.«

»Sagen Sie es ruhig, wenn es Sie drückt.«

»Ich würde sagen, mit seiner früheren Frau.«

»Wenn das wirklich so war, oder wenn Mrs. Sperry das wenigstens annahm, warum hat sie ihn dann trotzdem an die Verabredung erinnert?«

»Nun, das kann man ihr wohl kaum zum Vorwurf machen, wenn man die Sache mal aus einem anderen Blickpunkt betrachtet. Angenommen, sie wußte, daß er eine Verabredung mit Mrs. Delavan hatte, und wollte durch ihren Anruf verhindern, daß diese, aufgebracht, weil er sie versetzt hatte, heruntergestürmt kam in die Bar und eine öffentliche Auseinandersetzung begann ... Wenn er schon mal mit ihr verabredet war, dann mußte er diese Verabredung auch einhalten, und Mrs. Sperry durfte ihn nicht daran hindern. Sie konnte nur eines tun: sich zu vergewissern, daß die Verabredung an dem geplanten Ort stattfand und nicht vor Hunderten von Zeugen irgendwo im Hotel. Sie konnte das Übel lokalisieren, wie man in der Medizin sagt, und so tun, als sei es ihr gleichgültig.«

»Deshalb hat sie ihn also angerufen?«

»Ed, sie konnte doch nicht ahnen – «

»Daß Jane ihn sich über die Schultern legen und zum Fenster hinaushieven würde?«

»Ja – oder was immer sie getan hat.«

»Haben Sie schon mal jemanden aus einem Fenster gestoßen?«

»Nein.«

»Okay, dann versuchen Sie es mal.«

Ich stellte mich vor das Fenster und forderte ihn auf, den Versuch zu unternehmen. Er sagte immer wieder, ich vergesse dabei das Überraschungsmoment, und ich gab ihm immer wieder zu bedenken, daß es mindestens der Kräfte eines Preisringers bedurft hätte, und daß eine zarte Frau von höchstens 55 Kilo dazu nie und nimmer in der Lage gewesen wäre. Nach einer Weile wurde er ärgerlich, und ich erklärte: »Okay, Keyes, lassen wir es gut sein. Sie sind von einer Frau erobert worden, wie Richmond von General Grant erobert wurde, aber Sie werden Ihre Meinung bald ändern.«

Jetzt konnte ich es nicht mehr für mich behalten und erzählte ihm unser Erlebnis mit Dolly, der Terrierhündin, und das, was Jane und ich daraus gefolgert hatten. Wenn er zuvor von der kühlen Winterbrise rosige Wangen gehabt hatte, so wurde er jetzt zusehends blaß, dann grau, zuletzt grün im Gesicht. In meinem Büro steht eine Couch, auf der ich gelegentlich ein Nikkerchen mache, und er ging hinüber und legte sich hin.

»Ja, glauben Sie denn, ich hätte mir das alles nur so aus den Fingern gesogen? Glauben Sie –«

Doch er wedelte mit der Hand, eine Geste, die mich aufforderte, den Mund zu halten, und ich entsprach seinem Wunsch. Danach lag er lange Zeit ruhig da, und ich habe in meinem Leben noch keinen Mann gesehen, der so elend aussah wie er. Einmal öffnete er kurz die Augen und fragte: »Hat Mrs. Delavan das alles der Polizei mitgeteilt? Ich meine, auch die Sache mit dem Hund?«

»Sie hat lediglich die Fragen der Beamten beantwortet. Man hat sie nicht nach einem Hund gefragt, daher bestand keine Veranlassung, es ihnen zu sagen. Abgesehen davon hielt sie sich an die Dinge, die sie wirklich *wußte*. Das mit dem Hund gehört schließlich in den Bereich der Mutmaßungen.«

»Gott sei Dank. Dann ist es ja gut.«

Der winterliche Samstagnachmittag ging zu Ende, als Keyes sich schließlich erhob, zum Fenster ging und hinausstarrte auf die Stadt. Er sah aus wie ein Greis. »Ed, ich muß gestehen, daß ich schwer getroffen bin.«

»Das tut mir leid, Keyes.«

»Es paßt alles zusammen wie die Rädchen in einem Uhrwerk.«

»Nicht alles. Das Mädchen, diese Jenkins, zum Beispiel – «

»Ach was, das ist doch einfach zu erklären.«

»Nicht für mich. Sie konnte Mrs. Sperry nicht leiden. Warum hat sie dann – «

»Das Mädchen wurde doch gar nicht in die Sache eingeweiht.«

»Aber selbst Sie meinten, sie hätte gelogen – «

»Haben Sie mal das Drama ›Macbeth‹ gesehen?«

»Auf dem College haben wir es selbst aufgeführt. Ich spielte den Banquo.«

»Schön, dann werden Sie verstehen, was ich meine. In ›Macbeth‹ hegt ein Mann den Verdacht, ein anderer würde ihn verdächtigen. Macbeth glaubt aus irgendeiner Erklärung Banquos entnehmen zu können, daß Banquo ihn im Zusammenhang mit dem Mord an Duncan verdächtigt. Und was tut Macbeth? – Banquo weiß überhaupt nichts von dem Mord. Das alles hat sich Macbeth nur zusammengereimt. – Dennoch läßt er Banquo von drei gedungenen Mördern umbringen. Das ist böse, Ed. Ein sehr böses Stück. Doch es zeigt uns das Prinzip, das unserem Fall zugrunde liegt. Nur ein Narr würde sich einem ziemlich ordinären Dienstmädchen anvertrauen, vor allem, da es ja gar nicht notwendig war, da sie weder ihrer noch sonst jemandes Hilfe bedurfte. Daraus können wir schließen, daß sie durch reinen Zufall in die Hand dieses Dienstmädchens gefallen ist.«

»Was meinen Sie damit?«

»Ed, sie war auch dort oben. Ich meine diese Jenkins.«

»Und hat alles gesehen?«

»Rein zufällig. Das versetzt sie jetzt in die Lage, tüchtig abzukassieren.«

»Was hätte die Jenkins dort oben tun sollen?«

»Zu dieser späten Stunde würde ich sagen, es gibt nur eines, was sie dort oben auf dem Dach zu tun hatte. Sie hatte sich mit irgendeinem Kerl dorthin zurückgezogen. Ein kleines, erlebnishungriges Mädchen wie sie, das im Dienstbotentrakt wohnt, genau über der Küche, kann sicherlich niemanden mit auf ihr Zimmer nehmen – das ist die Antwort. Sie war oben auf dem Dach, kuschelte sich mit irgendeinem Kerl in einer Hollywoodschaukel und sah plötzlich, daß jemand nach oben kam. Ein Mann, eine Frau und ein Hund. Sie hält still, begreiflich, da sie ja nicht entdeckt werden will, und wir können wohl annehmen, daß auch ihr Liebhaber kein Aufsehen erregen möchte. Als die Prozession näherkommt, erkennt sie Sperry, Mrs. Sperry und wen noch, Ed?«

»Dolly, die Terrierhündin.«

»Die zwar nicht reden kann, aber deren Verhalten Bände spricht.«

»Aber warum hat die Jenkins dann der Polizei dieses Märchen aufgetischt?«

»Weil ihr gar nichts anderes übrigbleibt.«

»Wieso – was hat sie dazu gezwungen?«

»Die Geldgier. Sie ist entschlossen, Mrs. Sperry zu decken, und der Preis dafür dürfte vermutlich ziemlich hoch sein.«

»Schön. Fragt sich nur, weshalb Mrs. Sperry uns dann bei der Verhandlung ihrerseits ein Märchen auftischte.«

»Ganz einfach, Ed, wegen der Versicherungsdetektive. Wenn die den Mord Mrs. Delavan hätten anhängen können, wäre die Versicherung nicht verpflichtet gewesen, zu zahlen. Daher durfte Mrs. Sperry annehmen, daß sie bohren und bohren würden, und dabei konnte es sehr leicht passieren, daß die Wahrheit ans Tageslicht kam. Genau das aber konnte Constance nicht riskieren. Wenn niemand sie gesehen hatte, würde man die Sache vermutlich Mrs. Delavan in die Schuhe schieben, nicht zuletzt wegen des Anrufs in der Bar. So weit, so gut. Aber angenommen, die Detektive fanden irgend etwas heraus, was sie selbst, Constance Sperry, belastete, dann würde sie es schwer haben, sich reinzuwaschen. Bezeugte sie jedoch, daß der Tod ihres Mannes Selbstmord war, dann gaben sich die Versicherungsdetektive zufrieden. Daher unterstützte sie nach Kräften die Selbstmordtheorie der Polizei. Constance denkt immer einen Schritt voraus.«

»Reizend.«

»Nein, entsetzlich.«

Wir gingen hinunter auf die Straße, und er packte mich am Arm. »Ed, ich bin nur über eines froh.«

»Worüber?«

»Daß es nicht mein Fall ist.«

»Als ob das viel ändern würde.«

»Aber Ed, stellen Sie sich doch vor, wenn ich selbst sie überführen müßte!«

Er flog zurück nach Los Angeles, und in den folgenden Wochen plagte mich nichts außer dem Bewußtsein, daß Jane ihre 25000

Dollar Versicherungssumme wegen der törichten Entlassung der Jenkins los war. Doch dann rief mich Jane eines Tages an und sagte, die Polizei wollte schon wieder mal mit ihr sprechen. Ob ich bei der Vernehmung anwesend sein könne. Diesmal waren es zwei Kriminalbeamte in Zivil namens Brady und Lindstrom, wobei Lindstrom die Untersuchung führte. Er fischte ein goldenes Armband aus seiner Jackettasche, das leicht verbogen war, und an dem drei Pferdeköpfe mit Rubinen als Augen prangten. Vielleicht war es auch nur Straß. Lindstrom fragte Jane, ob sie das Armband kenne, und sie antwortete: »Ja. Es gehört mir.«

»Woher haben Sie es?«

»Von einem Cousin.«

»Wie heißt er?«

»Harold Sherman.«

»Wann haben Sie es bekommen?«

»Vor etwa zehn Jahren. Ich ging noch zur Schule. Ich habe hintereinander mit drei Pferden aus seinem Stall beim Long Island-Rennen den ersten Platz gemacht, und er wollte mir auf diese Weise danken. Wenn Sie genau hinsehen, finden Sie sicher irgendeine Gravur mit dem Datum.«

»Wann haben Sie dieses Armband zuletzt getragen.«

»Ich habe es noch nie getragen.«

»Warum nicht?«

»Nun, es ist ziemlich scheußlich, finden Sie nicht?«

Lindstrom schaute es genauer an, dann gab er es Brady, und auch der beäugte es, als sehe er es zum erstenmal. Der Gedanke, man könnte so etwas Wertvolles scheußlich finden, ging ihm offenbar nicht in den Kopf. Seiner Ansicht nach war das Ding aus Gold und mit Juwelen besetzt, also mußte es auch schön sein. Und wenn sie es angeblich nie getragen hatte, dann war das mit ziemlicher Sicherheit eine Lüge. Lindstrom sagte: »Wer hat es dann getragen?«

»Meines Wissens – niemand.«

»Wann haben Sie es verloren?«

»Ich muß gestehen, ich habe es bis jetzt nie vermißt.«

»Sie wußten gar nicht, daß Sie es verloren hatten?«

»Nicht bis vor drei Minuten.«

»Wo haben Sie es aufbewahrt?«

»Ich habe nicht die leiseste Ahnung.«

»Was soll das heißen?«

»Ich will damit sagen, daß ich es einfach weggesteckt habe, als man es mir geschenkt hatte. Und ich kann Ihnen beim besten Willen nicht sagen, wohin. Ich habe mich in einem Brief sehr höflich dafür bedankt, und es vergessen. Es ist mir schon seit – seit ewigen Zeiten nicht mehr unter die Augen gekommen.«

»Besitzen Sie eine Schmuckschatulle?«

»Selbstverständlich.«

»Haben Sie das Armband vielleicht dort aufbewahrt?«

»Ich sage Ihnen doch, ich weiß es nicht. Vielleicht.«

»Dann werde ich mir diese Schmuckschatulle mal genauer ansehen.«

Ich fuhr dazwischen. »Nein, das werden Sie nicht.«

»He, Mac, wer sind Sie eigentlich, daß Sie – «

»Ein Freund von Mrs. Delavan. Und ich heiße nicht Mac, sondern Horner, wie Ihnen seit meiner Vorstellung bekannt sein dürfte. Außerdem möchte ich Sie darauf hinweisen, daß diese Lady nicht irgendein dahergelaufenes, dummes Ding ist, wie Sie vielleicht annehmen. Sie ist Ihnen entgegengekommen und hat Ihre Fragen beantwortet, um Ihnen bei der Aufklärung eines Falles behilflich zu sein, der Ihnen offenbar Schwierigkeiten bereitet. Aber jetzt werden Sie frech und verlangen ihre Schmuckschatulle – also machen Sie, daß Sie hier rauskommen.«

»Mac, Ihr Ton gefällt mir aber gar nicht.«

»Wenn Sie nicht augenblicklich verschwinden, wird der Richter noch in ganz anderem Ton mit Ihnen reden, darauf können Sie sich – «

»Okay, wenn Sie es so haben wollen.«

»Raus.«

Ich brauchte eine volle Stunde, um mich wieder zu beruhigen, doch dann rief ich einen Lieutenant bei der Kripo an, den ich persönlich kannte, und versuchte, zu erfahren, worum es nun eigentlich ging. Es dauerte mehrere Stunden, ehe er zurückrief. »Ed, man hat das Armband auf der Straße gefunden, und zwar in der Nacht, als Sperry aus dem Fenster gesprungen ist. Die Finder waren ein Geschwisterpaar, das von einem Kegelabend nach Hause ging. Die beiden haben es mit einer genauen Beschreibung unter ›Gefunden‹ im Stadtanzeiger veröffentlicht, und da sich niemand meldete, haben sie noch eine zweite Anzeige aufgegeben. Lindstrom hat die Anzeige zufällig gesehen und fragte sich, weshalb die Besitzerin mit dem in das Armband eingravierten Namen ›Jane‹ sich nicht meldete. Er ging zu den beiden, um sich das Armband geben zu lassen, ermittelte besagte ›Jane‹ über den New Yorker Juwelier, der das Armband angefertigt hatte, und das ist schon alles, was ich weiß. Ich nehme an, Lindstrom wollte es genauer wissen im Hinblick auf gewisse Ermittlungen, die seine Abteilung gerade durchführt.«

»Okay, danke.«

Jane und ich dachten eine Weile darüber nach, und nach dieser Weile sagte sie: »Ed, allmählich bekomme ich es mit der Angst zu tun. Das gehört auch zu ihrem teuflischen Plan. Sie hat das Armband hinuntergeworfen, nachdem sie Dick über die Brüstung gestoßen hatte.«

»Woher kann sie es haben?«

»Vielleicht habe ich es auf den Bermudas zurückgelassen.«

»Könntest du das nicht feststellen?«

»Die Jenkins müßte es wissen. Sie hat meine Sachen gepackt.«

»Wenn wir von ihr erfahren könnten, ob du es mitgebracht oder auf den Bermudas gelassen hast, wäre das eine große Hilfe.«

»Ich lasse sie raufkommen.«

»Ist sie denn noch hier?«

»Ich nehme es an.«

Dreimal dürfen Sie raten, was Jane danach feststellte. Die Jenkins war abgereist, ohne eine Adresse oder sonst irgendeinen Hinweis auf ihren Aufenthalt zu hinterlassen.

»Na schön, Ed. Nachdem du es nicht sagst, werde ich es sagen. Es war wahrscheinlich das Dümmste, was ich je im Leben gemacht habe, sie hinauszuwerfen. Und dabei hattest du mich davor gewarnt.«

»Wir werden sie schon finden.«

Doch das war leichter gesagt als getan. Wir hingen in den billigen Spielsalons herum, erkundigten uns auf Omnibusbahnhöfen und an Taxiständen, fragten in allen kleineren Hotels nach ihr. Nach drei oder vier Tagen war mir klargeworden, daß das eine Aufgabe für einen Privatdetektiv war, und wir wandten uns an einen in der Fourth Street, den wir uns aus dem Telefonbuch ausgesucht hatten – natürlich einen, der bisher noch nie im Auftrag meiner Versicherungsgesellschaft gearbeitet hatte. Er machte sich eine Menge Notizen, nahm einen Scheck über 150 Dollar in Empfang, erklärte, daß es eine Menge Spesen geben würde, da er sich mit seinen Korrespondenten in Verbindung setzen müsse – vermutlich irgendwelche Spitzel, die Ehegatten und Autos überwachten und Vermißte suchten und sich auf diese Weise einen kleinen Nebenerwerb verschafften. Als wir ihm klarmachten, daß wir kein Foto für ihn hatten, zuckte er ein bißchen zurück, und ich wußte, daß es auch für ihn keine leichte Sache sein würde.

Etwa eine Woche danach, als ich eines Nachmittags hinauffuhr in Janes Appartement, um sie zum Dinner abzuholen, fand ich sie völlig verstört vor. Sie bohrte die Fingernägel in die Handflächen und war nicht weit von einem hysterischen Zusammenbruch entfernt. Schließlich erfuhr ich, daß die Enkelin des Bischofs hier war und mit ihr in Sachen Delavan ein ernstes Gespräch geführt hatte. Es sah so aus, als wolle er sie plötzlich gar nicht mehr heiraten, was vielleicht erklärte, weshalb er so nett gewesen war, als Jane ihm mitgeteilt hatte, daß ihre Wartezeit hier in Reno von neuem beginne. »Ed, sie war zwei Stunden lang hier – oder waren es drei, ich weiß es nicht mehr. Ich dachte schon, sie würde nie wieder gehen. Was kann ich schon für sie tun? Sie ist ein unansehnliches dummes Ding mit Schäfchenlocken. Und sie quasselt wie eine Fünfjährige. Selbst wenn sie versucht, vernünftig zu sein. Für den armen Tom muß sie eine wahre Landplage gewesen sein. Sie verfolgt ihn nun schon seit Jahren, aber frage mich nicht, wie sie ihn bei der Stange hält. Er kennt sie aus seiner Kinderzeit, und Gott allein weiß, was zwischen ihnen vor sich gegangen ist. Wahrscheinlich gar nichts. Sie hätte nicht einmal genug Verstand, einen Skandal zu entfesseln. Aber irgendwie, vielleicht wegen ihrer kindlichen Gestalt, vielleicht weil sie es versteht, sich einzuschmeicheln, gelingt es ihr, bei ihm gewisse Schuldkomplexe zu wecken, und so ist er ständig hin und her gerissen, sehnt sich einmal nach ihr und wünscht sie danach wieder zum Teufel, und sein Leben besteht eigentlich nur noch aus der Flucht vor dieser Frau. Auch ich war ein Kapitel dieser Flucht. Er nannte es zwar einen Rückschlag, aber es war etwas ganz anderes. Ein Atemzug voll Freiheit. Eine Freiheit, die er niemals wirklich erlangen wird. Und jetzt schnappt er wieder einmal nach Luft, und sie sitzt ihm im Nacken. Warum heiraten sie nicht und gönnen ihrer Umwelt endlich die ersehnte Ruhe?«

»Was hast du ihr gesagt?«

»Daß es mir leid tut.«

»Hat sie mit ihm gesprochen?«

»Er weigert sich, sie zu sehen.«

»Und sie möchte, daß du vermittelst?«

»Aber ich habe keine Lust.«

»Gut.«

». . . Ed – «

»Ja?«

»Vielleicht weiß Tom etwas über das Armband?«

»Schon möglich.«

»Nun, dann war sie uns doch noch eine Hilfe.«

Sie ging ins Schlafzimmer und telefonierte, und als sie zurückkam, sah sie wesentlich gelöster aus. »Er sagt, er sei sicher, daß ich nie so ein Armband getragen oder bei mir gehabt hätte, sonst wäre ihm das aufgefallen. Und er erinnerte mich daran, daß er gleich nach unserer Hochzeit eine genaue Inventurliste über unsere sämtlichen Besitztümer aufgestellt hatte, wegen einer neuen Hausratsversicherung, und daß er gerade bei meinen Dingen sehr genau gewesen sei, vor allem was Schmuckgegenstände und Pelze betraf, und daß er sicher sei, ich hätte zu der Zeit kein solches Armband bei mir gehabt. Er ist bereit, das auch gegenüber der Polizei zu Protokoll zu geben, falls das nötig sein sollte.«

»Aber du hast ihn nicht gebeten, zur Polizei zu gehen?«

»Nein. Ich sagte, daß ich es ihn wissen lassen würde, wenn es nötig sei.«

»Okay.«

Ein paar Tage danach bearbeitete ich einen Gruppenvertrag für eine Transportfirma und hielt mich zu diesem Zweck in deren Büro auf. Dabei geht es vor allen Dingen um die Möglichkeit, die Prämienbeträge steuerlich günstig zu kalkulieren, und ich versuchte den Betriebsleitern entsprechende Vorschläge zu machen, als ein Mädchen hereinkam und sagte, ich würde dringend am Telefon verlangt. Ich ging hinaus in das Büro der Sekretärin und sprach mit Linda. »Mr. Horner, ich versuche schon die ganze Zeit, Sie zu erreichen. Mr. Delavan ist tot.«

»*Was?*«

»Die Polizei hat uns benachrichtigt, weil er unsere Geschäftskarte bei sich hatte.«

»Was für eine Polizei?«

»Die Staatspolizei.«

»Die *Staatspolizei*?«

»Er ist unglücklich vom Pferd gestürzt. Außerhalb der Stadt.«

»Wann ist es passiert?«

»Die Polizei hat vor zwanzig Minuten angerufen, und sie will sich noch einmal melden, sobald man den Toten in die Stadt gebracht hat. Was soll ich den Beamten sagen?«

»Daß ich ihnen zur Verfügung stehe.«

12

Das Sichzurverfügungstellen bestand zumindest an diesem Tag darin, daß ich in Janes Wohnzimmer saß und telefonisch die Fragen der Polizei beantwortete, vor allem im Hinblick darauf, wer sich um die Bestattung kümmern würde. Man hatte Tom Delavan in einem Graben gefunden, nachdem sein Pferd, das er bei einem der Reitställe im Süden der Stadt ausgeliehen hatte, allein nach Hause gekommen war. Für einige der benötigten Angaben mußten wir seine Familie an der Ostküste anrufen, und diese Aufgabe übernahm Jane. Sie übermittelte auch dem Mädchen, mit dem er verlobt gewesen war, die traurige Botschaft. Sie hieß übrigens Faith Converse, aber Jane nannte sie Penny, was vermutlich ein Kosename war, da sie von Natur aus so erstaunlich klein geraten war. Das Ganze dauerte bis gegen fünf, und da keiner von uns beiden in seiner Nähe gewesen war, brauchten wir auch nicht als Zeugen bei der amtlichen Leichenschau zu erscheinen, die noch am selben Abend in einem der Bestattungsunternehmen abgehalten werden sollte. Ich schlug vor, daß wir nach Carson zum Dinner fahren könnten, und Jane schien damit einverstanden zu sein. Die Nachricht hatte sie zunächst ziemlich niedergeschlagen, aber es war mehr der Schock als die Trauer über den Verlust, nahm ich an, und danach hatte sie sich relativ rasch erholt und das Nötige mit der gebotenen

Ruhe erledigt, wofür ich sie sehr bewunderte. Als sich ihr daher die Chance bot, dem Hotel und den Telefongesprächen zu entkommen, ergriff sie sie nur allzu bereitwillig.

Wir speisten im ›Arlington‹, wie meistens, wenn wir in der Gegend waren, und sprachen weder über das tragische Ereignis noch über die Folgen, die es für uns beide hatte. Statt dessen hielt ich einen gescheiten Vortrag über Kit Carson, nach dem die Stadt benannt worden war, und wie er den Siedlern geholfen hatte, die vor hundert Jahren den Westen zu kultivieren begannen. Aber auf der Rückfahrt kamen wir doch auf das zu sprechen, was uns bewegte; genau gesagt, war sie es, die das unausgesprochene Tabu des Abends verletzte.

»Ed, ist dir bewußt, was das bedeutet?«

»Sicher. Daß du jetzt nicht mehr auf die Scheidung zu warten brauchst.«

»Daß mich nichts mehr in Reno hält.«

»Gar nichts?«

»Das mußte ja wieder kommen.«

»Na ja – also schön, du hast anderswo zu tun.«

»Willst du denn, daß ich hierbleibe?«

»Natürlich will ich das.«

»Aber wir könnten ohnehin nicht jetzt gleich heiraten.«

»Du meinst, es würde nicht gut aussehen?«

»Es ist völlig indiskutabel.«

»Dann bleibst du eben unverheiratet hier, Jane, und wir fahren ein bißchen durch die Gegend und treffen uns hier und da, und drei oder vier Monate sind schnell vorbei. Dann können wir in Gottes Namen die Zeremonie über uns ergehen lassen.«

»Ich würde sagen, frühestens nach sechs Monaten.«

»Also gut, sechs.«

»Soll ich meiner Familie schreiben?«

»Meinetwegen.«

»Vielleicht ist es besser, wenn ich noch warte.«

»Warum? Worauf willst du noch warten, Jane? Schreib ihnen lieber gleich.«

»Was man nicht ankündigt, braucht man nicht zuzugeben. Und wenn man es einmal angekündigt hat, kann man es nicht mehr rückgängig machen. Nein, um jegliche Komplikationen zu vermeiden, werde ich ihnen schreiben, daß ich noch bleibe, weil mir das Klima gut bekommt. Oder etwas in der Art. Du mußt zugeben, es ist wirklich sehr angenehm.«

»Wie du meinst.«

Ich versuchte es mit der Geste des großen, welterfahrenen Mannes abzutun, aber in meinem Inneren bewegte sich etwas wie in einem Hai, der den tödlichen Austernbohrwurm verschluckt hat. Ich mußte ihr endlich gestehen, daß Delavans Versicherung entgegen ihrer Annahme abgeschlossen war, und das bedeutete, daß ich zugeben mußte, mein Wort gebrochen zu haben, und so hoch die Versicherungssumme auch war, ich fürchtete mich vor dieser Eröffnung. Aber es dauerte nicht lange, bis ich mir im klaren war, daß ich nicht mehr länger warten durfte, also blieb ich bei der großspurigen, weltmännischen Rolle und spuckte es aus wie eine freudige Überraschung, die ich ihr bewußt bis zu diesem entscheidenden Augenblick vorenthalten hatte. »Außerdem, wenn wir schon von schönen Dingen reden, habe ich da ein Hochzeitsgeschenk, das ich dir in den Schoß legen kann, meinetwegen auch eine Mitgift, oder wie du es nennen magst, und die ist so ziemlich das Größte, was ich dir in dieser Spätherbstnacht bieten kann.«

»Eine Mitgift? Wie meinst du das?«

»Hunderttausend Dollar.«

»Für mich?«

»Für dich, mein Schatz.«

»Von wem?«

»Von – der Lebensversicherung.«

»Toms Versicherung?«

»Du hast doch nicht im Ernst geglaubt, daß ich dir so etwas vorenthalten würde.«

»Aber Ed, es gibt keine Police. Ich habe keine.«

»Ich habe sie.«

Danach fuhren wir eine Weile schweigend durch die Nacht, und sie sagte kein Wort. Schließlich erklärte sie: »Ed, ich wollte, du hättest mir das nicht angetan.«

»Angetan? Daß ich dir hunderttausend Dollar vermittelt habe?«

»Hinter meinem Rücken. Warum hast du das getan?«

»Versicherungen sind mein Leben. Ich glaube daran.«

»Ich wollte, ich könnte glauben, daß das dein einziger Grund war.«

»Weißt du, Jane, mit dem Geld ist das so eine Sache. Es nützt dir gleichviel, ob du nun hart darum gearbeitet hast oder nicht. Und ob du an seine Macht glaubst oder nicht. Ich schäme mich nicht, daß ich geahnt habe, dir damit etwas Gutes zu tun – etwas sehr Gutes sogar, und daß ich den Vertrag abgeschlossen habe, obwohl du mich gebeten hast, es nicht zu tun.«

»Und du hast mich die ganze Zeit über schamlos belogen.«

»Zum Teufel, ja, ich habe gelogen. Aber du hast jetzt das Geld.«

»Und du bekommst deinen Pokal.«

». . . Was für einen Pokal?«

»Bitte, Ed.«

»Meinst du nicht, es gibt noch einen anderen Grund, weshalb ich es getan habe.«

»Jedenfalls nicht meinetwegen.«

Danach versuchten wir eine Weile, über den schönen Abend heute abend zu reden und über die klaren Sterne in der klaren Luft von Nevada. Schließlich begann sie zu weinen. »Ed, ich habe versucht, mich dazu zu zwingen, daß ich dir dankbar bin. Ich wollte glauben, daß du kein unehrenhaftes Motiv hattest.

Aber ich bringe es einfach nicht fertig. Ich – ich kann es nicht glauben.«

»Ich schon. Ich bin mir selbst dankbar dafür.«

»Na schön. Wie du meinst.«

»Und nicht nur wegen dem vielen Geld.«

»Hoffentlich macht dir dein verdammter Pokal recht viel Spaß.«

»Und meiner zukünftigen Frau.«

»Ich – ich verstehe nicht.«

»Okay, Jane, dann werde ich es dir sagen. Um ehrlich zu sein, ich war mir die ganze Zeit über nicht ganz sicher, wie Sperry ums Leben gekommen ist – und durch wen. Schön und gut, der Hund wollte hinunterspringen, schön und gut, du hast nichts von dem Anruf gewußt, schön und gut – doch da war Sperrys Versicherung, die große Police, du weißt schon, und wenn es kein Selbstmord war, dann konntest du ganz schön kassieren. Aber ich weiß, daß ich dich im Hinblick auf die Delavan-Police belogen habe, und ich weiß auch, daß du nichts damit zu tun haben kannst – ich meine mit dem, was danach geschehen ist. Und damit kommen viele Dinge ins reine. Vielleicht sagst du, daß das eine nichts mit dem anderen zu tun hat, aber es hat eine Menge damit zu tun, wie ich zu dir stehe.«

»Ed, du hast mich doch nicht etwa verdächtigt?«

»Nein – aber, es ist noch schöner, wenn man es sicher weiß –«

»Du hast mich also doch verdächtigt?«

»Ich habe dich geliebt.«

»Wie konntest du mich lieben und zugleich verdächtigen?«

»Es wäre mir egal gewesen, ob du es getan hast oder nicht.«

Mann, was würde ich darum geben, wenn ich in meinem Bericht die folgenden drei Stunden auslassen könnte, selbst wenn das gelogen wäre. Ich war ohnehin an einem Punkt angelangt, wo es auf eine Lüge mehr oder weniger nicht mehr ankommt. Aber der eine oder andere von Ihnen könnte mir das verübeln, also bleibt mir nichts übrig als getreulich darüber zu berichten, wie man so schön sagt. Nur eines noch: Regen Sie sich nicht auf, wenn ich versuche, es schön langsam und sachte darzulegen, und schenken Sie sich die Spekulation darüber, wie dumm und gemein ich mir vorgekommen sein mag – wenigstens für eine Weile. Was Sie erfahren, wird die Wahrheit sein, aber auf die ruhige, sanfte Weise dargeboten, wenn Sie wissen, was ich damit meine. Geschmackvoll und dezent, ohne Schau und ohne Scheinwerfer. Wir fuhren also weiter, und Jane starrte vor sich hin. Ich überlegte mir krampfhaft, worüber wir reden sollten, wenn nicht über die klare Luft und das gute Klima von Nevada. Wir kamen zum Hotel, und als wir durch die Halle schritten, erhob sich Lindstrom von einem der Sessel und kam auf uns zu. Dann stellte er uns einen Knaben namens Kubic vor, einen Mann von der Staatsanwaltschaft. Und schließlich bat er Jane, sie solle sich setzen. Sie setzte sich wie wir alle, und Lindstrom fragte, ob Delavan eine Lebensversicherung zu ihren Gunsten abgeschlossen habe und ob sie im Besitz der Police sei.

»Ich besitze die Police nicht, aber ich weiß, daß diese Versicherung zu meinen Gunsten abgeschlossen wurde.«

»Wer hat die Police?«

»Dieser Gentleman neben mir.«

»Was hat er denn damit zu tun?«

Ich sagte: »Ich bin der Versicherungsagent.«

»Und was machen Sie mit der Police?«

»Ich hebe sie auf – für Mrs. Delavan.«

»Warum Sie – und nicht die Lady selbst?«

»Weil ich die Absicht habe, sie zu heiraten.«

Erst als ich das Aufblitzen seiner Augen bemerkte, wurde mir klar, wie das klingen mochte, und wie es mich in die Sache hineinriß, ohne daß Jane damit gerettet wurde. »Aha, ich verstehe. Jetzt verstehe ich, Freundchen. Wie hoch ist die Versicherungssumme?«

»Hunderttausend Dollar.«

»Erheben Sie Anspruch darauf, Mrs. Delavan?«

»Ich weiß nicht.«

»Sie müßten verrückt sein, wenn Sie es nicht täten.«

»Na schön. Ja, ich erhebe Anspruch.«

Die beiden gingen, und wir fuhren nach oben. Als wir Janes Appartement betraten, sagte ich: »Kein Zweifel, wer da wieder mal seine Hand im Spiel hat. Mr. Keyes. Außer ihm weiß kein Mensch etwas über diesen Versicherungsvertrag.«

Plötzlich begann sie zu zittern und dann zu weinen, erst laut, dann schluchzte sie nur noch leise, und ich konnte sie nicht beruhigen. Sie tat so, als wäre ich gar nicht hier. Aber meine drei schlimmen Stunden waren noch nicht vorüber.

Es war kurz nach elf, als ich mein Hotel erreichte, und der Empfang ist von zehn Uhr an unbesetzt, daher wußte ich, als ich die Frau unten in der Halle sitzen sah, daß sie schon eine Weile auf mich warten mußte. Erst als ich sie meinen Namen rufen hörte, erkannte ich sie: Mrs. Sperry. Ich sagte: »Na, das ist eine Ehre. Ganz zu schweigen von der Überraschung.«

»Mr. Horner, ich muß mit Ihnen sprechen.«

Wir setzten uns, und ich half ihr aus dem Mantel. Darunter trug sie einen dunkelblauen Hausanzug, der ihre Figur betonte. Dann begann sie zu sprechen. »Ich habe mich heute mit Mr. Keyes unterhalten.«

»Ich dachte, er ist in Los Angeles?«

»Er hat mich von dort aus angerufen. Er kommt her. Mit dem Flugzeug.«

»Heute abend?«

»Nein, morgen.«

»Ich hatte damit gerechnet.«

»Wegen des Falles Delavan.«

»Er glaubt noch immer fest daran, daß Mrs. Delavan ihren Mann ermordet hat, Mrs. Sperry, und wahrscheinlich glaubt er jetzt auch, sie hat Mr. Delavan umgebracht. Aber wenn sie irgendeinen Menschen ermordet hat, dann sind wir alle Chinesen.«

»Was ich ihm klarzumachen versuchte.«

»Oh, Sie haben mit ihm darüber gesprochen?«

»Und ich fürchte, das Gespräch hat ihn erzürnt.«

»Ich dachte, er hält sehr viel von Ihrem Urteil.«

»Bis vor kurzem.«

»Hat er Sie denn plötzlich im Stich gelassen?«

»Ich habe bis heute nichts von ihm gehört.«

Sie schaute eine Weile auf das Feuer im offenen Kamin, dann sagte sie: »Mr. Horner, es wäre für alle Beteiligten bedeutend besser, wenn man Mr. Keyes dazu bringen könnte, daß er schlafende Hunde ruhen läßt. Ich kenne Mrs. Delavan nicht persönlich, aber sie gehört zum Leben meines Mannes, und ich möchte auch nur den Anschein eines Skandals vermieden wissen. Haben Sie die Befugnis, Mr. Keyes von diesem Fall abzuberufen?«

»Leider nein.«

»Aber könnten Sie es ihm nicht wenigstens vorschlagen?«

»Das kann ich tun – und ich werde es auch tun.«

»Aber Sie meinen, es wird nicht viel helfen?«

»Nicht, wenn er sich in die Sache hineinkniet.«

»Worin besteht denn sein Interesse?«

»In einem Hunderttausenddollar-Risiko, das meine Gesellschaft tragen muß.«

»Ist das alles?«

»Wie meinen Sie das?«

»Nun, wenn man einmal diese Summe ausklammert, würde dann sein Interesse an dem Fall erlahmen?«

»Ja, wären Sie denn bereit, das Geld zu bezahlen?«

»Sie wissen es vielleicht nicht, aber ich habe die Möglichkeit dazu.«

»Ich hörte, daß Sie vermögend sind.«

»Ich – ich bin nicht gerade arm.«

Ich machte ihr klar, daß Versicherungen wenig Verständnis für solche Transaktionen aufbringen und scharf aufpassen müssen, daß sie nicht hintergangen werden. Ich erklärte ihr, was es mit dem Tatbestand der Verschleierung eines Verbrechens auf sich hatte, daß jedoch andererseits nicht selten beim Auftauchen als gestohlen gemeldeter Schmuckstücke eine Übereinkunft erreicht wird, indem die Versicherung die Wertgegenstände nicht als gestohlen, sondern als verloren und wiedergefunden deklariert. »In einem Fall wie dem unsrigen müßte diese Übereinkunft mit Wissen und Mitwirkung der Begünstigten getroffen werden. Wenn sie die Entschädigung von jemand anders entgegennimmt, könnte sie den Vertrag mit der Versicherung auf irgendeine Weise als ungültig erklären, wobei das hier nicht ganz einfach sein dürfte, da sie den Vertrag nicht selbst abgeschlossen hat.«

»Aber es könnte so geregelt werden?«

»Das kann ich nicht mit Sicherheit voraussagen.«

»Es besteht immerhin die Möglichkeit, oder?«

»Das will ich nicht bestreiten.«

»Mr. Horner?«

»Ja?«

»Wollen Sie mein Vermittler sein?«

Ob Sie's glauben oder nicht, trotz allem, was ich mit Jane herausgefunden hatte, fragte ich mich in diesem Augenblick, ob diese Frau tatsächlich schuldig war, in welcher Weise auch immer; und das ungeheure Schweigegeld von 100 000 Dollar mochte wohl bei fast jedem von uns Zweifel erwecken, doch wenn man bedachte, daß Mrs. Sperry an die 20 Millionen Dollar besaß, war es eigentlich gar nicht so unwahrscheinlich, daß sie diesen vergleichsweise geringen Teil ihres Vermögens riskierte, um einen Skandal zu vermeiden. Inzwischen lehnte sie bereits an meiner Schulter, und kurz danach schoß mir ein Gedanke durch den Kopf. Ich wußte, wenn ich sie nach oben in mein Appartement mitnahm, würde sie vor nichts haltmachen, um mich zu bewegen, als ihr Vermittler aufzutreten. Und in diesem Augenblick wußte ich, ohne daß ein einziges Wort darüber gesprochen worden wäre, daß sie nicht nur an Sperrys, sondern auch an Delavans Tod schuldig war.

Ich nahm ihre Hand, tätschelte sie, und sie drückte die meine und begann zu lächeln. Ich sagte: »Tut mir leid – aber diese faule Sache würde ich nicht mit einer langen Stange anfassen wollen.«

Ihr Gesicht fiel geradezu auseinander, und nach einer Weile leckte sie sich die Lippen von innen, wie das Leute tun, die verhindern wollen, daß man sieht, wie die Lippen zucken. Sie sagte: »Aber – aber – was soll ich tun?«

»Sie sollten sich allmählich an den Gedanken gewöhnen, sich damit abzufinden . . .«

»Abzufinden – womit denn? Was meinen Sie eigentlich?«

»Nun, mit dem Skandal. Das ist es doch, was Sie befürchten, oder?«

»Oh . . . Ja, das habe ich gesagt.«

»Oder haben Sie es schon wieder vergessen?«

Sie stand auf und ging schwankend zur Tür, als hätte sie ihre Beine schon seit Wochen nicht mehr benützt. Ich ließ sie hinaus. Dann ging ich hinauf in mein Appartement und rief Jane an. Ich versuchte es dreimal, aber sie legte jedesmal auf, als sie hörte, wer am Apparat war. Beim vierten Versuch meldete sich der Telefonist des Hotels und teilte mir mit, Mrs. Delavan wünsche nicht gestört zu werden.

13

Am nächsten Morgen lag bereits das Telegramm von Keyes in meinem Büro, und gegen elf fuhr ich zum Flughafen, um ihn abzuholen. Er kam in Begleitung von Norton. Auf dem Weg zurück in mein Büro wurde nicht viel gesprochen, aber als wir dort angekommen waren, sagte Keyes: »Mr. Norton, ich glaube, Sie sollten Ed mitteilen, wozu wir uns entschlossen haben.«

»Ja – Ed, ich habe schlechte Nachrichten für Sie.«

»Ich bin gefeuert – na, wenn schon.«

»Moment mal, nicht so schnell.«

»Wie ich Ihnen schon vor kurzem mitgeteilt habe, mir bricht nicht das Herz dabei.«

»Wir möchten Sie nur vorübergehend beurlauben.«

»Das läuft doch auf dasselbe hinaus, oder?«

»Nein, keineswegs. Keyes hat darauf bestanden, nicht weil er glaubt, daß Sie einen Fehler gemacht haben – das würde er nicht tun, da er jedem von uns das Recht zubilligt, auch einmal einen Fehler zu machen. Nein, darum geht es nicht. Aber er hat das Gefühl, daß Sie sich persönlich zu sehr bei einer gewissen Person engagiert haben – der Person, um die es sich in diesem Fall handelt –, als daß Sie sich wie ein neutraler und nützlicher Agent verhalten könnten. Wenn allerdings die Untersuchung erweisen sollte, daß die gewisse Person gar nicht der zentrale Punkt in dem Fall ist, glauben Sie mir, Ed, dann werden wir Sie in Freuden wieder aufnehmen, und ich bin sicher, Keyes ist wie ich der Hoffnung, daß es sich so und nicht anders herausstellen wird.«

»Absolut.«

»Na, dann alles Gute, Keyes – Ihnen und allen, die Ihrer Meinung sind.«

»Danke, Ed, danke.«

»Wofür?«

»Nun – weil Sie es so gelassen und keineswegs feindselig aufnehmen.«

»Wenn Sie genau hingehört hätten, würden Sie das nicht sagen. Und vor allem, wenn Sie J. P. gut zugehört hätten, bei dem, was er über die Person sagte, die seiner und Ihrer Meinung nach in dem Fall die Hauptrolle spielt. Sie verdammter Idiot – ja, wissen Sie denn nicht, wer diesen Mord begangen hat?«

»Ich glaube, doch.«

»Das bezweifle ich. Aber ich weiß, wer es war. Niemand anders als diese Sperry.«

»Lächerlich.«

»Sie war gestern abend bei mir.«

»Wo?«

»In meinem Hotel. Um mit mir zu sprechen. Ich soll Sie zurückpfeifen.«

»Das glaube ich nicht.«

»Notfalls zurückkaufen.«

»Hören Sie, Ed, ich weiß, daß das nicht stimmen kann.«

»Na schön, um die General Pacific freizukaufen. Um an ihrer Stelle die Entschädigungssumme an Mrs. Delavan zu bezahlen.«

»Was wollen Sie mir da weismachen?«

»Keyes, woher sollte ich wissen, daß Sie sie gestern aus Los Angeles angerufen haben, wenn nicht durch die Sperry selbst? Sie haben sie angerufen und ihr gesagt, daß Sie heute kommen würden. Plötzlich waren Sie der Meinung, daß das, was ich Ihnen von dem Hund erzählte, nichts mit dem Tod von Richard Sperry zu tun hatte, und Sie konnten es kaum erwarten, bei ihr anzurufen und zu sagen: ›Teure Freundin, der Ritter naht.‹ Das haben Sie doch getan, oder? Und es war Ihr erster Anruf nach einer längeren Periode des Schweigens, nicht wahr? Aber damit Sie es wissen: Sie hat vor Ihnen mehr Angst, als Sie je vor ihr hatten. Daher wünsche ich Ihnen viel Glück und was nicht noch alles – nur wie neutral und nützlich Sie in dem Fall sein werden, möchte ich lieber nicht sagen – jedenfalls nicht vor Zeugen.«

»Ed, ich fürchte, in dieser Sache haben Sie kein klares Urteil mehr.«

Norton schaute mich an, als versuche er, die Scharte auszuwetzen, dann langte er nach dem Telefon. Ich hatte ganz vergessen, daß er ja Mrs. Sperry kannte, doch schon nach ein paar Sekunden sprach er mit ihr, als seien sie alte Freunde, und gleich danach landete er seinen Treffer, als er sie auf das Angebot hin ansprach, das sie mir am Abend zuvor gemacht hatte. Ich glaube, sie redete danach an die zwanzig Minuten auf ihn ein, und er antwortete unbeirrt freundlich und höflich, sagte aber meistens nur »Ich verstehe« und »Ja, sicher«, und als er schließlich aufgelegt hatte, erklärte er: »Es klingt natürlich mehr als sonderbar, daß eine Frau bereit ist, hunderttausend Dollar zu opfern, nur um einen Skandal zu verhindern. Aber man muß sich vergegenwärtigen, wie reich Constance Sperry ist, und was es für eine gesellschaftliche Schlappe für sie wäre, wenn wir die Untersuchung wie geplant durchführten, vor allem, da die Sensationspresse alles tun würde, um sie in den Schmutz zu zerren, damit sie eine gute Story bekommt.«

»Dann frage ich mich, warum Sie ihrem Wunsch nicht entsprechen.«

»Ed, zunächst einmal muß sich Keyes damit befassen.«

»Sicher – aber ist er auch dazu bereit?«

»Nun, Keyes, was ist?«

»Meinetwegen können Sie den Fall jemand anders übertragen.«

Ich erklärte: »Wenn Sie klug sind, dann tun Sie das auch wirklich und beurlauben uns beide – Keyes und mich. Ich sage Ihnen, die Sperry hat ihren Mann ermordet, und sie hat auch Delavan umgebracht. Ihren Mann hat sie getötet, um einen bis jetzt noch nicht bekannten Mr. X zu heiraten – wobei ich nicht annehme, daß es sich dabei um Keyes handelt. Sie hat ihren Mann getötet, nachdem Delavan die Sache mit der Annullierung fallenließ. Da Richard Sperry nicht bereit war, sich in beiderseitigem Einverständnis von ihr scheiden zu lassen, mußte sie rasch handeln. Weshalb sie Delavan getötet hat, kann ich Ihnen nicht sagen, aber wenn Sie sich nur einen oder zwei Tage gedulden, bis ich das englische Dienstmädchen aufgestöbert habe, das mehr weiß als es sagte, glaube ich, daß ich auch diesen Punkt klären kann. Ich habe ein Detektivbüro auf ihre Fährte gesetzt und glaube nicht, daß es allzu lange dauern wird.«

Keyes hatte mir zugehört mit einem Gesicht, das wie aus Stein gemeißelt war, und er äußerte sich in keiner Weise zu meiner Erklärung. Doch er wußte Norton auf seiner Seite, da ja schließlich er, Keyes, versucht hatte, diese Versicherung zu blokkieren, und Norton jetzt nicht viel tun konnte als ihn gewähren zu lassen. Norton dachte eine Weile nach, stand dann auf und ging hinaus ins Vorzimmer, und kurz danach gesellte sich Linda zu mir und Keyes, weil der Boss alleingelassen zu werden wünschte. Dann, nach einer knappen Viertelstunde, kam er zurück. »Na schön, Keyes, Sie übernehmen die Sache. Ed, ich möchte Sie in Ihre Wohnung begleiten.«

Wir gingen hinaus und schlenderten die Straße entlang, und Norton fragte mich mit völlig veränderter Stimme, weshalb ich so sicher sei, daß Mrs. Sperry es getan habe. Ich erwiderte: »Ich habe natürlich keine definitiven Beweise, nichts, was ich bei Gericht gegen sie vorbringen könnte, aber gestern abend, als sie mich besuchte, versuchte sie, mich unter allen Umständen auf ihre Seite zu ziehen, und wäre sogar bereit gewesen, mir dafür ein paar schöne Stunden zu gewähren, wie es nur eine Frau in äußerster Verzweiflung tut. Ich will verdammt sein, wenn jemand nur wegen eines Skandals in eine derartige Verzweiflung gerät und sich zu einer solchen Erniedrigung hinreißen läßt. Wenn es ihr nur um den Skandal gegangen wäre – warum hat sie dann nicht einfach die Stadt verlassen? Sie hat genügend Geld, um sich überall auf der Welt, in allen fünf Erdteilen, niederlassen zu können. Keyes ist furchtbar stolz darauf, daß er immer schon alles weiß, ohne es belegen zu können; daß er ein

Gefühl hat für solche Dinge. Und diesmal bin ich derjenige. Ich meine, ich weiß es aus dem Gefühl, obwohl ich noch keine Beweise vorlegen kann.«

»Das erschüttert mich allerdings, wie ich gestehen muß.«

»Nun, aber wir müssen uns auch noch über ein paar andere Dinge unterhalten. Zum Beispiel darüber, daß ich noch immer im Besitz der Police bin.«

»Unserer Police? Der, die Delavan zugunsten seiner Frau abgeschlossen hat?«

»Genau.«

Wir gingen zu Fuß bis zu meinem Hotelappartement, und ich redete immerzu auf Norton ein. Ich sagte ihm, wie das mit der Police gewesen war, schilderte es ihm mehrmals und ganz ausführlich, und es gab keinen Zweifel, daß ich versuchte, mich in seinen Augen groß herauszustellen. Aber ich brauchte gar nichts zu beschönigen, und er unterbrach mich nur selten. Dann erklärte ich: »Aber das ist noch nicht alles. Ich habe die Police an mich selbst abgeschickt, und ich werde Ihnen nicht verraten, an welche Adresse, und ich sage Ihnen auch nicht, wo sich diese Police jetzt befindet. Bis zu dem Augenblick, als Delavan starb, ging es mir eigentlich nur um etwas, was ich gern haben wollte: nämlich um den Pokal Ihrer Gesellschaft. Vielleicht dachte ich auch, es wäre zu Jane Delavans Gunsten, ein Schutz, den ich ihr zukommen ließ, obwohl sie sich so töricht verhalten hatte, und vielleicht war mir auch Keyes' blödsinniges Verhalten auf die Nerven gegangen. Doch jetzt geht es nicht mehr darum. Jetzt geht es um Jane Delavan, um die Polizei und um einen Prozeß, um Dinge, die ich nicht vorhersehen kann. Zufällig ist Jane momentan nicht bereit, auch nur ein Wort mit mir zu sprechen, und vielleicht wird sie mich nie wieder sehen wollen. Aber was meine Gefühle betrifft: Meinetwegen mag es mich meinen Job kosten, meinetwegen mag es Keyes' Verstand kosten, vorausgesetzt, er hat so was mal besessen – mir ist Janes Glück wichtiger als alles andere. Und damit Sie auch darüber im klaren sind:

Ich glaube, wenn ich jetzt irgend etwas mit dieser Police unternehme – wenn ich sie Ihnen gebe, sie Jane schicke oder sonstwas, könnte ihr das nur schaden. Tut mir leid, J. P., Ihre Gesellschaft war mir gegenüber sehr anständig, ganz zu schweigen von Ihnen persönlich, und auch von Keyes, wenngleich ich befürchte, daß er nicht alle fünf Sinne beisammen hat. Doch in diesem Fall beißen Sie auf Granit.«

Er nahm sich eine oder zwei Minuten Zeit, nachdem ich fertig war mit meiner Ansprache, und ich bin stolz, sie hier niederzuschreiben, Wort für Wort, so wie ich sie in meiner Erinnerung habe. Ich bin ebenso stolz auf das, was Norton mir erwiderte, und es ist fest in meinem Gedächtnis eingegraben.

Er sagte: »Ich verstehe gut, Ed, weshalb Sie dieser Police soviel Bedeutung beimessen, und ich muß zugeben, daß Sie sogar gut beraten sind, wenn Sie sich so verhalten, wie Sie es eben angedeutet haben. Aber in diesem Zusammenhang erheben sich zwei Fragen, und ich fürchte, die haben Sie fürchterlich durcheinandergebracht. Frage Nummer eins lautet: Was hätten Sie tun sollen, als Sie und Keyes von dieser Fahrt durch die Sierras zurückkamen und er Ihnen die Kostümprobe zu dem darauffolgenden Drama geliefert hatte – als Sie hörten, was der Polizist über den Toten vor dem Hotel sagte und vor der Entscheidung standen, was Sie mit der Police und mit Delavans Scheck beginnen sollten? Und ich komme zu keinem klaren Urteil, was die horrenden Folgen Ihrer Entscheidung betrifft. Hätten Sie Delavans Scheck von der Post zurückgeholt, dann hätten Sie danach wohl eine Weile gewartet, bis Sie von der Polizei nähere Details über diesen Todesfall erfahren würden. Aber wenn Sie dann gehört hätten, daß nicht Delavan, wie Keyes gemeint hatte, sondern Sperry getötet worden war, hätten Sie den Scheck erneut abgeschickt, ohne Delavan auch nur ein Wörtchen zu sagen, und das Ergebnis wäre nicht wesentlich anders gewesen. Ich selbst, wenn ich es mir genau überlege, hätte im Zweifelsfall den Abschluß zumindest aufgehalten.

Aber so, wie die Dinge sich danach herausstellten, weiß ich nicht, ob ich mich nicht genauso verhalten hätte wie Sie, vor allem, da ich selbst Ihnen ja grünes Licht gegeben hatte, und da man wußte, wie wenig man Keyes' Urteil trauen konnte wegen seiner törichten Affäre mit Constance Sperry und den noch törichteren Versuchen, sie von allem reinzuwaschen. Soviel zu der ersten Frage.

Die zweite Frage lautet: Was sollen Sie nun mit der Police anfangen? Sie nehmen wohl an, daß ich erwarte, sie von Ihnen zu erhalten, da ich jetzt, wo Delavan tot ist und die Begünstigte die Police nicht besitzt, mich von meinen Verbindlichkeiten drücken könnte. Aber erstens sind wir, seit wir Delavans Geld empfangen haben, verpflichtet, zu unseren Verbindlichkeiten zu stehen. Und zweitens würden wir, wenn wir versuchten, sie anzufechten, mehr verlieren als gewinnen. Ganz abgesehen von dem unklaren Ausgang des Prozesses würden wir zum Beispiel Sie als Mitarbeiter verlieren. Sie sind ein Idealist, ein Fanatiker, und zwar speziell im Hinblick auf unsere Gesellschaft. Wenn Sie uns zu einer anderen Gesellschaft abwandern, wie Sie mir bereits mehrmals angedeutet haben, dann würden Sie als fanatischer Idealist nicht mehr an diese Gesellschaft und an Versicherungen im allgemeinen glauben können. Und drittens können Sie sichergehen, daß ich, wenn mich irgendeine Erkenntnis im Lauf der Untersuchung von unserer Verbindlichkeit entheben würde – sei es eine Selbstmordklausel oder die Tatsache, daß die Begünstigte den Mord begangen hat –, danach handeln und mich weigern würde, die Summe auszuzahlen, ehe ich nicht von einem Gericht dazu gezwungen werde. Der Gedanke ist mir zwar alles andere als angenehm, aber ich muß auch an meine Aktionäre denken, und rechnen Sie bloß nicht damit, daß ich ein weichherziger Mensch bin. Aber wenn es darauf ankommt, und das tut es in diesem Fall, wie ich meine – Ed, hören Sie mir überhaupt zu?«

»Ich höre, J. P.«

»Ich zahle alles, wozu ich verpflichtet bin. Punkt. Absatz.«

Während er das sagte, verdüsterte sich sein Gesicht, und ich ahnte, daß ihn sein Prinzip, zu zahlen, wozu er verpflichtet war, schon gelegentlich viel Geld gekostet hatte, aber wie ich schon sagte, ich war irgendwie stolz auf ihn. Nicht, daß mich das Ganze gefreut hätte, denn es ging im Grunde um schreckliche Dinge, zumindest was Jane betraf. Aber wenigstens wußte ich, daß ich einen Mann, von dem ich sehr viel hielt, immer noch als meinen Freund bezeichnen konnte.

Danach saßen wir ein paar Minuten lang schweigend da, bis er sagte: »Sie sollten wissen, Ed, daß ich Keyes nach seinen Bemühungen, diesen Abschluß zu blockieren, ein wenig besänftigen mußte, denn es hätte uns tatsächlich eine Menge Ärger erspart, wenn wir auf ihn gehört hätten. Aber ich bin hierhergekommen, um die Summe auf der Stelle auszubezahlen, wie das meine Art ist. Keyes weiß es nicht, aber ich habe einen Scheck über hunderttausend Dollar in meiner Tasche, ausgestellt auf Jane Delavan, und ich bin bereit, ihn unter den gegebenen Umständen Mrs. Delavan zu präsentieren.«

»Das überrascht mich nicht.«

»Sie sollten es nur wissen.«

»Das freut mich, J. P.«

Ich schaufelte irgendwo mein Mittagessen in mich hinein, vielleicht im ›Bonanza‹ – ich weiß es nicht mehr. Es kam mir irgendwie ungewohnt vor, ohne Jane, und es dauerte nicht lange, bis ich mich überwand und sie anrief. Eine fremde Frauenstimme meldete sich. Sie teilte mir mit, daß Mrs. Delavan nicht in ihrem Appartement sei. Ich fragte, wer sie sei, und sie sagte, sie nehme Mrs. Delavans Anrufe entgegen. Später stellte sich heraus, daß es eine Krankenschwester war, die man gerufen hatte, weil Jane nach einem Nervenzusammenbruch dringend Pflege brauchte – aber das konnte ich zu dem Zeitpunkt noch nicht ahnen, und es versetzte mir einen ganz schönen Stich, auf solche Weise abserviert zu werden. Ich bat die Frau, Jane auszurichten, daß ich angerufen habe, und fuhr dann hinaus zur Ranch, zog mich um und wollte mir den ›Count‹ holen. Schließlich mußte ich ihm nun selbst etwas beibringen, nachdem sich die Situation so entscheidend geändert hatte – wenn ich ihm das auch nicht klarmachen konnte. Ich fand ihn draußen vor den Stallungen, an einen Pflock gebunden, und Jackie war damit beschäftigt, ihn zu striegeln. Sie begrüßte mich und sagte, ich sollte mir ›Red‹, eines der ruhigsten Pferde, geben lassen.

Ich entgegnete: »Vielen Dank, sehr nett von dir – aber ich habe doch selbst ein Pferd, oder täusche ich mich?«

»Meinst du – ihn?«

»Natürlich – oder sind wir alle auf dem besten Weg, verrückt zu werden?«

»Sind wir – zumindest einer von uns beiden, nehme ich an.«

Sie starrte mich an, und es sah ganz so aus, als ob sie mich damit gemeint hätte. Dann fügte sie hinzu: »Er hat für heute genug.«

»Wieso – bist du mit ihm ausgeritten?«

»Na, wer glaubst du, hat ihn wohl geritten? Ich bestimmt nicht.«

Mein Herz begann vor Freude zu hüpfen. Jackie konnte ja nicht ahnen, in welch Schlamassel Jane und ich geraten waren, oder was sich Explosives in dem Umschlag befand, den sie für mich aufbewahrte. Mir tat es wohl, zu wissen, daß Jane hiergewesen war, und also wirklich nicht im Hotel, als ich dort angerufen hatte – und daß sie mit dem ›Count‹ gearbeitet hatte, obwohl sie mir böse war. Aber nach einer Weile, nachdem ich mit ›Red‹ hinausgeritten war in die Hügel, rutschten sie wieder nach unten. Mein Herz und meine Laune, meine ich. Sicher, Jane würde ›Count‹ nicht enttäuschen, da sie wußte, daß er sie brauchte. Aber mit mir hatte das gar nichts zu tun.

Als ich zurückkam, schlug Jackie mir vor, ich könnte ja ›Red‹

kaufen. Ich wollte wissen, warum. »Nun, dein ›Count‹ entwikkelt sich so großartig, daß er praktisch jetzt schon bereit ist, an jedem besseren Turnier von San Diego bis San Francisco teilzunehmen, und es wäre wirklich eine Schande, wenn du alle seine Fortschritte wieder verpatzen würdest. Hör mal, ›Red‹ ist ein gutes Pferd. Ich glaube, es paßte besser zu dir.«

»Ich werd's mir überlegen.«

Danach war ich ziemlich am Boden zerstört. Sicher, als Sache war ›Count‹ noch mein Eigentum. Aber als Pferd hatte er seinen Herrn gewechselt, gehörte nicht mehr mir.

Um 21.30 Uhr klingelte das Telefon in meinem Appartement. Es war Norton, und er fragte, ob er rüberkommen könne. Ich sagte ja und stellte die Gläser und Flaschen für die Drinks zurecht, doch als Norton hier war, wollte er nichts trinken. Er sagte: »Keyes hat das Dienstmädchen gefunden.«

»Nur um meine Neugier zu befriedigen – wie hat er sie gefunden? Ich habe es nämlich viel länger versucht und hatte kein Glück.«

»Über das Gaswerk.«

»Das Gas –«

»Die Anschlußgenehmigung. Keyes nahm an, daß Ihr Detektiv bereits alle Hotels, Pensionen, Tankstellen, Omnibusbahnhöfe und ähnlichen Orte überprüft hatte, wo Menschen, die untertauchen wollen, gelegentlich gegen ihren Willen Spuren hinterlassen. Das bedeutete aber, daß sie, wenn sie hiergeblieben war, ein Haus oder eine kleine Wohnung gemietet haben mußte. Und in diesem Fall brauchte sie das Gaswerk, das den gesperrten Anschluß wieder öffnete. Und da es hier pro Tag nur fünf oder sechs entsprechende Anträge gibt, war die Sache nicht schwer für ihn. Sie ist zwar unter einem falschen Namen aufgetreten, aber der Angestellte erinnerte sich an sie wegen ihres britischen Cockney-Akzents.«

»Wie einfach – aber ich wäre nie draufgekommen.«

»Ich auch nicht, aber das ist typisch Keyes. Wenn er eine Nadel in einem Heuhaufen suchen soll, nimmt er einfach einen Magneten heraus, und fünf Minuten später hängt die Nadel dran. Haben Sie den Namen Faith Converse schon mal gehört?«

»Delavans Ex-Verlobte?«

»Die ist jetzt dran.«

»Weshalb?«

»Wegen Mord, Beihilfe zum Mord, oder beidem.«

»Junge, Junge ... J. P., ist das auch Keyes' Handschrift?«

»Es hat ihn ganz schön aus dem Lot gebracht, denn wenn sie es getan hat, müssen wir natürlich zahlen. Aber ich sage Ihnen gern, daß ich mich gegenüber Keyes ein bißchen schuldbewußt fühle, und alles, was er jetzt von sich gibt, um seine Eitelkeit zu stützen, läuft bei mir unter der Überschrift ›Gute Neuigkeiten‹, selbst wenn es die Gesellschaft hunderttausend Dollar kostet.«

»Schön und gut. Aber so sagen Sie doch, wie war das mit dieser Converse?«

»Delavan hat sie an die Luft gesetzt.«

»Deshalb ist sie hergekommen.«

»Keyes wurde das sofort klar, nachdem er mit Delavans Familie telefoniert hatte, um zu erfahren, was sie wußten, beziehungsweise vermuteten. Sie wußten ein wenig und vermuteten sehr viel, und das meiste konzentrierte sich auf dieses Mädchen –«

»Das auch unter dem Spitznamen ›Penny‹ bekannt ist.«

»Genau. Also, Keyes hat zunächst versucht, mit dieser Jenkins in Kontakt zu kommen. Doch nachdem er die Gasanstalt bemüht hatte, ging er zur Polizei und ließ sich die Listen mit den kürzlich hier in Reno verkauften Handfeuerwaffen geben. Wie Sie wissen, sind die Geschäfte verpflichtet, der Polizei von jedem Erwerb Mitteilung zu machen, und er wußte, daß Mädchen, die sich verbergen, dies gern unter dem Schutz eines Revolvers tun. Aber er fand nichts, was auf Harriet Jenkins hingedeutet hätte. Vielmehr entdeckte er einen anderen bekannten Namen auf der Liste: den von Faith Converse.«

»Sie hat sich eine Waffe gekauft?«

»Eine hübsche, kleine 38er Pistole.«

»Und was geschieht jetzt?«

»Ich weiß es nicht. Aber mir wäre es lieber, ich hätte den Namen Thomas Delavan nie gehört.«

»Das kann ich Ihnen nachfühlen.«

Er begann in meinem Appartement auf und ab zu gehen, goß sich einen Kaffeelöffel Scotch ein, ging wieder auf und ab. Dann klingelte das Telefon. Ich nahm ab, und mein Herz machte einen Sprung, als ich die bekannte Cockneystimme vernahm, die das ›H‹ in meinem Namen verschluckte. »Ja, Miss Jenkins, was ist?«

»Wenn ich Sie wäre, Sir, würde ich ’nen Doktor rufen, wegen Mr. Keyes. Der führt sich nämlich komisch auf. Verdammt komisch, möchte ich sagen.«

»Was ist geschehen?«

»Nichts, Sir, aber er ist nicht ganz bei Trost.«

»Wo sind Sie jetzt?«

»In seinem Büro, Sir.«

»Sie meinen, in meinem Büro.«

»Er sagt, es ist seines.«

»Ich komme gleich hin.«

Norton hatte dicht genug neben mir gestanden, daß er das Gespräch mitbekam. Ich legte auf und wollte schon einen Arzt anrufen, aber Norton hielt mich zurück. »Schauen wir erst nach, was eigentlich los ist.« Das war vernünftig, und in zwei Sekunden hatten wir unsere Mäntel angezogen und waren bereits auf dem Weg in mein Büro.

14

Es war wirklich Harriet Jenkins, aber ich traute meinen Augen kaum, und ich glaube, ihre eigene Mutter hätte sie nicht wiedererkannt. Statt der wenig kleidsamen Dienstmädchentracht und den flachen, abgelatschten Schuhen, die sie früher an hatte, trug sie jetzt ein Nerzcape, ein sehr gut aussehendes, schwarzes Kleid, grüne Pumps, eine grüne Handtasche aus Alligatorleder und einen grünen Hut. Ihr Gesicht war nicht nur gewaschen, sondern auch mit einem ansprechenden Make-up versehen, und sogar ihre Hände waren sauber. Über ihre Figur habe ich ja früher schon gesprochen. Jetzt sah sie zum erstenmal wie ein hübsches, attraktives Mädchen aus und wirkte mindestens fünf Jahre jünger als zuvor. Sie saß im Vorzimmer, auf Lindas Stuhl, als wir hinkamen, doch sie stand auf und führte uns gleich hinüber in mein Privatbüro, wo Keyes sich wieder einmal auf meinem Sofa ausgestreckt und sein Jackett ausgezogen hatte. Es war schummerig, denn er hatte nur die Schreibtischlampe angeknipst. Aber er meinte, er brauche keinen Arzt und würde sich sicher rasch erholen, wenn wir ihn nur ein paar Minuten alleinlassen würden. Also gingen wir wieder hinaus ins Vorzimmer, und ich schloß die Tür und fragte dann die Jenkins, was da vor sich gegangen sei.

»Wie ich schon gesagt hab', Sir, gar nichts.«

»Und was machen Sie hier?«

»Er hat mich doch hergebracht.«

»Weshalb?«

»Damit ich ihm sag', was ich über den Tod von Mr. Delavan weiß.«

»Sie wissen also was darüber?«

»Na klar.«

Norton begann sie auszuquetschen, und es dauerte nicht lange, bis sie ausgesprochen mitteilsam wurde.

»Es war, glaub' ich, so um die sieben, als dieser Mr. Keyes in dem kleinen Haus dahergeschneit ist, das ich mir gemietet hab' – am Stadtrand, wissen Sie, da ist es so schön ruhig –, und ich hab' ihn doch bei der Leichenschau von Mr. Richard gesehen und gemeint, er ist einer von der Polizei. Dann hat er gesagt, was er ist, und dann hat er auch noch gesagt, daß er Mr. Delavans Tod untersucht, weil er das Ganze so verdammt verdächtig findet, oder so. Und ich wollte reden, weil ich es mir schon vorher überlegt habe und mein Schweigen brechen wollte und sagen, was ich weiß. Und er ist sogar draußengeblieben und war wirklich ein richtiger Gentleman, als ich mich angezogen habe, und dann hat er mich in einem Taxi, das vor der Tür gewartet hat, hierhergebracht, hinüber in den anderen Raum, und mir ein paar Fragen gestellt, aber nur ein paar. Dann hat er ganz freundlich und nett gesagt, er hat noch nie einen Zeugen geärgert oder so, und warum ich mich nicht einfach hinsetze und alles in das Diktaphon sage, und er geht solange weg und trinkt irgendwo eine Tasse Kaffee. Also hat er mir gezeigt, wie man das Ding anschaltet, und ich hab' alles auf das Tonband geredet. Dann ist er zurückgekommen und hat das Band zurückgespult und sich alles angehört, was ich gesagt habe. Und dabei hat er immer elender dreingeschaut. Zuletzt war er ganz grün. Ich hab' getan was ich konnte, hab' ihm einen Schluck Wasser gegeben und ihm geholfen, daß er sich auf die Couch legt, und bei Ihnen angerufen. Wenn ich das mal sagen darf: Ich glaub', es hat was mit dem zu tun, was ich auf das Tonband geredet hab'.«

»Und was haben Sie auf das Tonband gesprochen?«

»Ich weiß nicht – wenn Sie meine Meinung hören wollen –«

»Ja, bitte.«

»Fühlen Sie sich ganz ungezwungen.«

Sie saß noch immer auf Lindas Stuhl, merkte dann aber, daß Norton im Zimmer auf und ab marschierte und bot ihm ihren Platz an, und er setzte sich. Später hat er mir erklärt, es sei nicht seine Gewohnheit, sich von Damen Platz machen zu lassen, aber sie habe jene Art von Beinen, denen ein bißchen Bewegung nur guttut. Keyes kam kurz danach auch herüber, und die Jenkins fragte, ob sie noch gebraucht werde. Keyes sagte ja. Dann gingen wir alle vier hinüber in mein Privatbüro, und Keyes schaltete das Diktaphon an.

Der erste Teil bestand aus weitschweifigen Klagen, wie schlecht Mrs. Sperry sie auf den Bermudas behandelt habe. Dann erging sie sich in langen Lobeshymnen auf die Gutherzigkeit von Mrs. Delavan, und berichtete, wie sie schließlich hierhergekommen war. Was es für Ärger mit der Annullierung gegeben habe, und wie Mr. Delavan sie vors Gericht gezerrt habe, und da kam es, das, was wir, Jane und ich, uns nicht im Traum hätten einfallen lassen, und was Linda am nächsten Morgen unter Auslassung der vielen Jammer-, Stöhn- und Klagelaute in ein relativ verständliches Amerikanisch übertragen hatte. Das Ergebnis entsprach zwar nicht hundertprozentig dem Original, aber es drückte aus, was sie hätte sagen wollen, wenn auch nicht das, was sie tatsächlich dahergestammelt hatte.

›Ich habe ziemlich Angst gehabt vor dem Gericht, bis ich gesehen habe, wie mich Mr. Delavan angeschaut hat, und ich wußte, daß er mich mag, und ich habe ihn auch gemocht. Also habe ich einen Tag danach gedacht, ich könnte da vielleicht ein kleines Spielchen spielen, bin in ein Drugstore gegangen und habe ihn angerufen und gefragt, ob ich ihn besuchen könnte und mit ihm noch einmal über alles reden. Und wie ich es mir gedacht habe, hat er ausgerufen: »Du meine Güte, nein. Wenn man Sie dabei sieht, bin ich ruiniert. Ich könnte meine Pläne gleich aufgeben, und Jane bekäme genau das, was sie sich wünscht – eine ganz normale Scheidung.«

»Aber warum kommen Sie dann nicht zu mir?« habe ich gefragt.

»Aber das wäre ja noch schlimmer«, meinte er.

»Vielleicht nicht. Wenn ein junger Mann abends hinaufkommt auf die Dachterrasse des Washoe-Truckee, um ein bißchen frische Luft zu schnappen, und dort rein zufällig ein junges Mädchen trifft, das denselben Gedanken hatte, würde ihm das doch niemand vorwerfen können, oder? Es ist ein netter, nach allen Seiten offener und anständiger Ort, und außerdem ist ab zehn Uhr abends kein Mensch mehr dort oben.«

»Ich möchte es trotzdem nicht riskieren.«

»Ach was, es ist ja gar kein Risiko.«

»Seien Sie ruhig, Sie Dummerchen.«

»Kommen Sie, seien Sie kein Frosch.«

»Nein.«

Aber ich bin doch hinaufgegangen, weil ich mir gedacht habe, er könnte es sich noch anders überlegt haben. Ich habe lange gewartet in einer der großen Hollywoodschaukeln, und er ist nicht gekommen. Und gerade, als ich schon dachte, es hätte keinen Sinn mehr, ging die große Eisentür auf, und da war er auch schon. Erst hat er so getan, als ob er mich nicht sieht, und ist ringsherum gegangen, um festzustellen, daß niemand anders dort oben war. Dann hat er sich neben mich auf die Schaukel gesetzt, und ich sagte ihm, wenn er mich dazu zwingt, für ihn auszusagen, dann sage ich natürlich die Wahrheit, daß nichts zwischen mir und Mr. Sperry gewesen ist und so, aber auch die Wahrheit über das, was hier oben auf dem Dach geschehen ist, und daß er selbst seine Frau mit mir betrogen hat. Da hat er mich nur scharf angeschaut und gefragt, was ich mir denke, so etwas Falsches auszusagen. Und ich habe ihn genauso scharf angeschaut, wie ich hoffe, und ihn gefragt, warum er meint, daß ich für ihn lügen würde, denn er wüßte doch ganz genau, daß er mich vergewaltigt hat, daß er meine Kleider zerrissen und mich zerkratzt hat dabei, und während ich das sagte, habe ich mein Kleid ein bißchen zerrissen und meinen Arm mit dem Fingernagel aufgekratzt. »Es ist die Wahrheit, mein Freund, und das weißt du auch genau«, hab' ich ihm gesagt, »und wenn du es nicht zugibst, gehe ich gleich ans Telefon und rufe jemanden vom Hotel herauf, und dann kannst du nicht weg, bis sie da sind, und meine zerrissenen Kleider und die Wunde am Arm werden für sich sprechen. Es wird eine ziemlich peinliche Geschichte werden – für dich, mein Freund, nicht für mich.«

»Aber ansonsten hättest du nichts dagegen?«

»Nicht, wenn du mich mit dem Gericht in Ruhe läßt.«

»Vielleicht macht es dir sogar Spaß?«

»Du gemeiner Kerl.«

»Und vielleicht sollten wir es jetzt wirklich tun?«

Also hat er mich in seine Arme genommen, und er hat den Plan mit der Annullierung aufgegeben, aber er hat es Mrs. Delavan nicht gleich gesagt, und als er es ihr gesagt hat, hat er gelogen und erklärt, Mr. Sperry hätte ihm Angst gemacht, wie sie es ihm vorhergesagt hatte, denn er wollte nicht, daß das, was sich zwischen uns entwickelt hatte, bekannt wurde. Und er hat immer wieder gesagt, wie froh er ist, daß es so gekommen ist, und daß ich ihn von diesem schrecklichen Weibsbild weggebracht habe, dem da drüben an der Ostküste, von dem er sich schon immer hat freimachen wollen, und jetzt, wo er mich liebte, wäre es ihm wie Schuppen von den Augen gefallen, und lauter so schönes Zeug. Und ich war echt glücklich und habe natürlich sehr bedauert, wie das mit seinem Geld war, und daß er auch noch das letzte verlieren würde, wenn er gegen den Wunsch seiner Familie heiratet. Aber ich hab' natürlich gewußt, daß er das immer gesagt hat, wenn's mal ums Heiraten ging, und trotzdem hab' ich ihn gemocht.

Und eines Nachts haben wir wieder da oben gesessen und die Eisentür ist aufgegangen, und Mr. Sperry ist heraufgekommen mit dem kleinen Hund, den er so geliebt und überall mitgenommen hat. Mr. Delavan und ich sind natürlich mucksmäuschenstill geblieben, und als Mr. Sperry nach ein paar Runden mit dem Hund wieder nach unten ging, haben wir gelacht, weil er uns nicht gesehen hat. Am nächsten Abend war es wieder genau das gleiche, nur daß da auch *sie* bei ihm war, Mrs. Sperry, aber wir haben uns wieder still verhalten, obwohl wir fast vor Lachen geplatzt wären. Dann hat sie sich auf die Mauer gesetzt, und er steht daneben und raucht seine Pfeife und sagt immer wieder, sie soll vorsichtig sein. Auf einmal ruft sie: ›Verdammt!‹ und sagt, daß ihr Armband runtergefallen ist. Sie beugt sich noch ein bißchen vor und sagt dann: »Nein, es ist gar nicht unten. Es ist auf den Sims gefallen.«

Dann hat er auch hinuntergeschaut, und sie hat sich hinausgelehnt und versucht, es zu holen, und er hat sie dabei festgehalten. »Hier«, hat er dann gesagt, »halt du den Hund.« Er hat ihr den Hund gegeben. Dann hat er sich über die Brüstung gelegt, sich mit einer Hand festgehalten und mit der anderen nach dem Armband gefischt. Sie ist zu ihm hingegangen und hat so getan, als ob sie stolpert, und hat dabei seinen Fuß hochgerissen. Und da war er auch schon weg. Da hat mir Mr. Delavan die Hand auf den Mund gelegt, daß ich nicht laut losschrie, und der kleine Hund hat geheult und gewinselt, und sie hat dagestanden und nach oben auf den Himmel geschaut. »Gott sei Dank«, hat sie gesagt. »Gott sei Dank. Es war ein Unfall, ich hab' ihn kaum berührt, ich kann gut schlafen, jetzt und immer, und er ist weg. Fort aus meinem Leben, fort, fort. Jetzt schnell hinunter ins Zimmer, und gewartet, bis man mich benachrichtigt.«

Und da war sie auch schon durch die Eisentür verschwunden. »Und wir können ebenfalls Gott danken«, sagte Mr. Delavan, »daß man uns nicht entdeckt hat, und daß man uns nicht in die Sache verwickeln kann. Es war schrecklich, aber wir können doch nichts mehr für ihn tun. Du gehst am besten ins Appartement meiner Frau und schlägst das Bett auf, oder was du da sonst abends zu tun pflegst. Und ruf irgend jemanden an, damit du danach beweisen kannst, daß du in ihrem Appartement gewesen bist.«

»Und wohin gehst du?« habe ich ihn gefragt.

»Mir fällt schon was ein.«

»Aber nimm nicht den Lift«, habe ich ihn noch gewarnt.‹

Sie schilderte danach, wie sie über die Treppe hinunter in den elften Stock gelaufen war, während er sich über die Treppe und den Hinterausgang aus dem Hotel geschlichen hatte. Als sie in Janes Appartement war, stellte sie fest, daß ihre Herrin noch nicht zu Hause war, und rief bei der Vermittlung an, fragte nach der Zeit und machte irgendeinen kleinen Scherz, damit sich das Telefonmädchen an ihren Anruf erinnerte. Delavan ist in irgendeinen Klub gegangen und hat seine Uhr gegen Spielmarken verpfändet, so daß er den Pfandschein mit der genauen Zeit vorweisen konnte und der Mann an der Kasse sich bestimmt an ihn erinnern würde. Dann machte er Jane einen Besuch. Es war drei Uhr morgens, und die Jenkins lag halbwach in ihrem Bett, als ihr plötzlich die großen Zusammenhänge klarwurden. Sie sprang augenblicklich aus dem Bett, zog sich an und lief in irgendeinen offenen Spielsalon, um von dort aus Delavan anzurufen. Aber er ging nicht an den Apparat. Also warf sie kleine Steinchen an sein Schlafzimmerfenster, und als er sie hineinließ, erklärte sie, Mrs. Sperry könnte jetzt ganz schön blechen. Zuerst war er dagegen, doch je mehr sie ihm schilderte, wie reich Mrs. Sperry war, und daß man sie zunächst ohne weiteres um 100 000 Dollar erleichtern könne, um danach die Summe ständig zu erhöhen, wurde er allmählich schwach. Sie gingen gemeinsam in einen Spielsalon, riefen bei Mrs. Sperry an und sagten ihr, daß sie sie jetzt gleich besuchen würden. Er betrat das Hotel wiederum durch den Keller, wie er es verlassen hatte, und sie fuhr mit dem Lift nach oben in den Dienstbotentrakt. In ihrem Bericht heißt es dann weiter:

›Erst war sie ziemlich eklig, aber als sie merkte, daß wir es wirklich meinten, hat sie ihren Ton schnell geändert. Aber sie meinte, es sei ganz ausgeschlossen, daß die Polizei davon ausgehen würde, er sei vom Dach gefallen. Wenn man erst erfuhr, daß sie mit ihm dort oben war, würde man die Wahrheit schnell herausbringen. Also kamen wir überein, daß ich sagen sollte, Mr. Sperry war in Mrs. Delavans Appartement und hat auf sie gewartet. Ich ahnte ja noch nicht, daß Mrs. Sperry sich das alles längst vorher schon überlegt hatte, und daß sie deshalb genau die Stelle oben auf dem Dach ausgesucht und das Armband schon zuvor dort hingelegt hatte, wo es angeblich hingefallen war, und danach war es auch noch Mrs. Delavans Armband, und wie sie unten in der Bar angerufen hat, und das alles, um Mrs. Delavan hineinzuziehen und sich selbst zu retten. Das haben wir erst viel später mitbekommen, als Mrs. Delavan Tom wegen dem Armband angerufen hat und wegen der Fragen, die ihr die Polizei gestellt hat. Und da haben Mr. Delavan und ich den Entschluß gefaßt, doch noch alles der Polizei zu sagen, auch wenn wir dabei eine Menge Geld verlieren würden.‹

Danach folgte ein ausführlicher Bericht, wie sie das kleine Haus gemietet und sich entschlossen hatte, inkognito in Reno zu bleiben. Sie sprach ausführlich über die neuen Kleider, die ihr Mr. Delavan von Mrs. Sperrys Geld gekauft hatte. Auf die große Summe mußten sie noch eine Weile warten, da Mrs. Sperry in New York erst ein paar Aktien verkaufen mußte, aber 10 000 Dollar hatte sie ihnen als Vorschuß gegeben. Dann, bei der Voruntersuchung, erkannte Anwalt Lynch die Versicherungsdetektive, und Mrs. Sperry bekam es mit der Angst zu tun. Mit den Polizeibeamten hoffte sie ganz gut zurecht zu kommen, aber wenn die Versicherung versuchte, Mrs. Delavan den Mord anzuhängen, war es immerhin möglich, daß man die Wahrheit entdeckte. Daher änderte Mrs. Sperry bei der Verhandlung ihre Taktik und erzählte die Geschichte mit dem Sprung aus Janes Fenster, den sie angeblich mitangesehen hatte.

›Sie flehte uns an, als wir ihr sagten, wir würden den Verdacht, den sie gegen Mrs. Delavan aufgebaut hatte, zusammenschlagen. Und wir ließen uns nicht davon abbringen, wenn wir auch zuletzt einverstanden waren, für 100 000 Dollar anzugeben, daß Mr. Sperry allein mit dem Hund oben auf dem Dach war und gesprungen ist, wie sie es behauptet hat, und sie konnte sich danach immer noch herausreden und sagen, es sei finster gewesen, und sie habe den Rand der Dachterrasse für das oberste Fenster gehalten. Wir dagegen konnten sagen, wir hätten unsere Aussage zurückgehalten, weil wir uns damit viel Ärger und weil Tom sich einen Skandal ersparte, und außerdem, weil wir das Andenken an Sperry schonen wollten, da wir einen Selbstmord für ein Verbrechen halten. Doch dann sagte Mrs. Sperry, sie würde die 100 000 in bar bezahlen, aber eine so hohe Abbuchung würde die Bank alarmieren, und sie wollte daher nicht gesehen werden, wenn sie das Geld Mr. Delavan übergab. Ob er sich nicht irgendein Reitpferd ausleihen und sie an einer bestimmten Stelle außerhalb der Stadt treffen könnte? Sie ließ sich nicht davon abbringen, und weil es doch soviel Geld war und wir es dringend brauchten, hat Tom sich schließlich darauf eingelassen, und ich blöde Gans hab' ihn nicht aufgehalten.‹

Danach klang ihre Stimme auf dem Tonband rauh, und ich sah, wie Keyes in sich zusammensank. Sie fuhr fort: ›Ich, ich schwöre, wie ich hier sitze, daß sie ihn nur an diesen einsamen Ort gelockt hat, um ihn zu ermorden, und daß sie diese Tat auch wirklich begangen hat, denn wenn er erst aus dem Weg war, würde meine Aussage allein gegen die ihre stehen, und meine Glaubwürdigkeit war sowieso schon wegen der Scheidung nicht mehr die beste. Seit mich Mrs. Delavan entlassen hatte, habe ich mich verborgen gehalten, aber sie hat vielleicht ihre guten Gründe gehabt, mich rauszuwerfen, und sie war immer nett zu mir, und ich kann nicht schweigen, jetzt, wo ich weiß, wie die Dinge stehen.‹

Das war alles, und ich schaltete das Gerät ab. Danach saßen wir eine Weile schweigend da, und keiner schaute den anderen an. Schließlich hob Keyes einen Zeigefinger in die Höhe, um uns alle zu bitten, wir möchten uns ruhig verhalten, stand auf, ging zur Tür und riß sie mit einem Ruck weit auf. Am Türpfosten lehnte Mrs. Sperry, die draußen im Vorzimmer gelauscht hatte, was hier drinnen vor sich ging. Jetzt kam sie herein, schaute jeden von uns der Reihe nach an, heftete ihre Blicke dann auf Keyes, und wir sahen, daß ihr dicke Tränen über die Wange rollten. »Du glaubst doch nicht, was dieses billige, kleine Flittchen über mich sagt, oder?«

»Doch. Ich glaube es, und zwar Wort für Wort.«

15

Sie ließ sich neben meinem Schreibtisch nieder und begann erst einmal mit einer Flut von Krokodilstränen. Dann bestürmte sie Norton, er solle dem, was die Jenkins gesagt hatte, keine Aufmerksamkeit schenken, und sie sei immer noch bereit, Janes Ansprüche zu erfüllen, da sie es ja brauchen könne, das arme Ding, nachdem klar sei, die Jenkins habe ihre ganze Geschichte nur erfunden, um ihre Herrin zu schützen, aber es könnte vielleicht doch noch herauskommen, und dann wollte sie wenigstens, daß Jane genügend Geld zur Verfügung habe, um sich ordentlich verteidigen zu können. Norton schaute sie nicht einmal an, und da ließ sie sich auch noch vor ihm auf die Knie fallen und streckte ihre Arme nach ihm aus. Und in diesem Augenblick geschah etwas so Unheimliches, daß wir alle aufsprangen. Norton sagte später einmal, nun wisse er wenigstens, was man für ein Gefühl hat, wenn man nachts auf dem Friedhof einem Gespenst begegnet ... Wie sie hereingekommen war, haben wir nie erfahren, denn obwohl die Haustür offen war, hätten wir es doch spätestens bemerken müssen, als die Tür zum Büro geöffnet wurde. Wir wußten auch nicht, wann sie sich eingeschlichen hatte, aber jetzt kam sie auf uns zu, den Blick wie in Trance auf Mrs. Sperry gerichtet: eine kleine, seltsam aussehende Frau Mitte Dreißig, bleich, in einem schwarzen Kleid, mit schwarzen Strümpfen und Schuhen und einem schwarzen Hut. Als sie zu sprechen begann, klang ihre Stimme hoch und quakend, in einem sonderbaren Singsang, wie ein Kind, das im Religionsunterricht Bibeltexte auswendig hersagt. Sie näherte sich Schritt für Schritt der noch immer am Boden knienden Mrs. Sperry und sagte: »Ja, knie du nur hin; vielleicht erreichst du etwas bei ihm – aber nicht bei mir! Gestern bist du mir entkommen, aber diesmal gelingt es dir nicht. Oh, ich wußte, daß da eine andere Frau sein mußte, wußte es aus den Lügen, die er mir auftischte, aber er wollte nicht gestehen, wer sie war, bis ich ihm gestern folgte, in meinem gemieteten Wagen, sah, wie er bei den Reitställen aus dem Bus stieg und in Stiefeln daherkam, wie er immer wieder auf die Uhr schaute, wie sie ihm das Pferd brachten – ich wußte, jetzt würde er jemanden treffen. Die Frau, mit der er mich betrog. Und ich ging hinauf auf den Hügel, von wo aus ich den Reitweg überblicken konnte, und da warst du mit deinem Golfsack über der Schulter, und jetzt wußte ich wenigstens, wie die Frau aussah, um derentwillen er mich verschmähte. Dann kam er heran, und du hast dich hinter das Gebüsch geduckt, bis er vorbei war und in den Niederwald einbog. Du ranntest hinter ihm her. Und ich folgte euch beiden. Und als ich an die Stelle kam, sah ich, daß er abgestiegen war und du vor ihm auf den Knien lagst, wie jetzt vor diesem anderen Mann, und ich freute mich, was immer du ihm getan haben mochtest, daß er es dich jetzt zahlen ließ, zahlen durch die Erniedrigung, die viel geringer war als die Erniedrigung, die ich erfahren habe. Dann machtet ihr beide kehrt, und er setzte sich wieder aufs Pferd. Du hast deinen Schal fallenlassen, und er stieg noch einmal ab und beugte sich über den Graben, um ihn dir aufzuheben – und da schlugst du zu mit deinem Golfschläger, und gleich darauf ranntest du davon, und ich war betrogen, denn ich wollte euch beide töten, aber du bist mir entkommen. Erst heute abend, als du aus dem Hotel kamst, habe ich deine Spur wieder aufgenommen, und dich bis hierher verfolgt. Und jetzt entkommst du mir nicht mehr, du verdammte, gemeine Hure, du –«

Keyes riß ihr die Handtasche aus den Fingern, und Norton hielt die Frau fest. Sie schrie laut und wehrte sich, aber Norton hielt sie in seinem Griff, bis Keyes die Pistole aus der Tasche genommen und sie in eine Schreibtischschublade gesteckt hatte. Danach rief ich die Polizei an.

Schon nach wenigen Minuten stand ein Funkstreifenwagen draußen, und ein paar Beamte in Uniform stürmten herein. Sie hatten zunächst einige Mühe mit der kleinen Frau – es war natürlich Faith Converse –, versuchten, ihre Schreie zu erstikken und ihre Fußtritte abzuwehren, und das ging am besten, wenn sie ihr die Schuhe auszogen. Nachdem sie es danach in Strümpfen noch ein paarmal versucht hatte, hörte sie damit auf und fing an zu weinen. Dann kam Lindstrom herein und nahm die Namen der Anwesenden zu Protokoll. Anschließend hörte er sich das Tonband an, und während die Uniformierten immer noch mit Faith zu tun hatten, ließ er sich von mir schildern, wie Mr. Delavan draußen auf dem Reitweg ums Leben gekommen war. Er nickte mehrmals und gab sich ausgesucht freundlich. »Wir hatten es uns etwa so ähnlich vorgestellt. Natürlich wußten wir noch nicht, wer dahintersteckte, aber wir haben seine Frau genau überprüft. Sie hat für den betreffenden Nachmittag ein hundertprozentiges Alibi. Wir wußten, daß sie es nicht gewesen sein konnte. Und wir hätten schon noch herausgebracht, wer es war.«

Während der ganzen Zeit lag Keyes auf der Couch und starrte Mrs. Sperry an wie einen lebenden Leichnam. Dann plötzlich sprang er auf, aber zu spät. Die Explosion war wie ein Kanonendonner in dem kleinen Raum, aber ich glaube, die Sperry hat ihn gar nicht mehr gehört. Die 38er Pistole, die Keyes in die Schreibtischschublade gegeben hatte, war jetzt in ihrer Hand, und sie beendete Mrs. Sperrys Leben auf wirkungsvolle Weise.

*

Mit den Polizeifotografen war auch Linda eingetrudelt, und sie übertrug das Tonbandprotokoll der Jenkins in die Schreibmaschine für die Reporter. Man transportierte die Tote ab, es gab noch dieses und jenes zu erledigen, und ehe ich es wahrnahm, wurde es Tag, und ich ging zu Fuß nach Hause und stand erst wieder am Nachmittag um vier auf. Gegen fünf, als ich mich geduscht und in aller Ruhe angezogen hatte, klingelte es an meiner Tür, und mein Herz machte einen Satz. Ich riß die Tür auf, und da stand Jane in ihrer Kasinokleidung, mit der eleganten Hose, der Pelzstola und dem roten Band im Haar. Ich war so glücklich, daß ich eine volle Minute lang kein Wort herausbrachte, auch nicht, als sie in meinen Armen lag. Schließlich sagte sie: »Mr. Horner, ich höre, daß Sie einen Scheck für mich haben.«

»Wer hat Ihnen denn das gesagt?«

»Ein gewisser Mr. Norton.«

»Ja, es stimmt – die Versicherungsagenten übergeben die Schadenssummen gern persönlich. Er hat ihn mir überreicht. Allerdings finde ich es erstaunlich, daß er Sie persönlich aufgesucht hat, Mrs. Delavan.«

»Er wollte die zukünftige Mrs. Horner kennenlernen.«

»Das ist eben ein Mann mit Manieren.«

Erst jetzt hörte sie auf, darüber zu scherzen, schaute mich ernst an und sagte: »Ed, als ich endlich merkte, nach dem, was er mir berichtete, daß alles, was mich in den letzten drei Jahren geplagt hat, auf einen Schlag vorüber war, hätte ich ihn auf der Stelle küssen mögen. Doch dann dachte ich, es ist vielleicht besser, ich komme hierher und küsse dich.«

»Okay, laß uns anfangen damit.«

»Ich hab' mich in der Zwischenzeit um dein Pferd gekümmert.«

»Ich weiß. Es ist dein Pferd.«

*

Erst nach einer Weile kamen wir zu den Zeitungen, die Jane bei sich hatte, und betrachteten die Fotos – auch eines von mir war dabei –, die überall auf den ersten Seiten prangten, lasen die Berichte, und dann hielten wir es für angebracht, im Hotel vorbeizufahren und nachzusehen, wie Keyes den schweren Schlag verkraftete. Er saß unten in der Halle, nicht weit von der Portiersloge entfernt, wo Norton sich gerade um ihren gemeinsamen Rückflug nach Los Angeles bemühte, und wenn man ihn auch nicht unbedingt als fröhlich oder begeistert bezeichnen konnte, so hatte er sich doch offensichtlich weitgehend erholt. Und während er begann, Jane des langen und breiten zu erklären, warum er was wie und wann vermutet hatte, ging ich zu Norton hinüber, und er teilte mir in kurzen Worten mit, was sich inzwischen ereignet hatte. Anschließend gab es da eine Brieftasche mit einer goldenen Krone drauf, die beim Empfang abgegeben worden war, und nach deren Besitzer geforscht wurde, und dabei zeigte sich, daß sie irgendeinem Lord oder Earl oder was weiß ich gehörte, der in San Francisco wohnte und an den Wochenenden herübergeflogen kam, um eben diese Wochenenden mit der Sperry zu verbringen. Aber statt daß Keyes betrübt darüber gewesen wäre, als er zuletzt merkte, daß sie ihn die ganze Zeit über nur hingehalten hatte, schien es sein Seelenleben zu erleichtern. »Nämlich deshalb«, hatte er Norton erklärt, »weil die Tatsache, daß sie sich mir lieber versagte, als sich mit einem Makel behaftet ihrer Leidenschaft für mich hinzugeben, genau das beweist, was ich immer schon wußte: daß sie nämlich eine vornehme und gebildete Lady war.«

»Aber eine mit kleinen Fehlern«, sagte ich zu Norton.

»Eine Frau mit vielen Gesichtern, könnte man behaupten.«

Und während wir noch darüber alberten, kamen sie zu uns herüber, Keyes, der wieder sehr gepflegt und edel aussah, und Jane, die ihm in einer großzügigen Geste der Vergebung die Hand drückte. Und dann schnippte Norton mit den Fingern und schaute in eine ganz bestimmte Richtung und wir folgten seinem Blick. Und wen erblickten wir, auf dem Weg zum Speisesaal, in einem 80-Dollar-Federnhut auf dem Kopf, 80-Dollar-Pumps an den Füßen, einem 300-Dollar-Kleid aus schwarzem Crêpe-de-Chine, das ihre Figur modellierte, und einem Pelzcape, das sie sich lässig um die Schultern gelegt hatte: Miss Harriet Jenkins. Und ein wenig dahinter, eine Nelke im Knopfloch und ein schwedisches Grinsen auf dem Gesicht, folgte Lindstrom, der Kriminalpolizist. Wir fragten uns alle dasselbe: Ob das noch zu seiner kriminalistischen Arbeit gehörte und uns weitere Schwierigkeiten bereiten würde, oder ... Jedenfalls brauchte es nicht erst eines Winks von Norton, daß wir alle vier zur Tür des Speisesaals folgten. Doch als wir dort angekommen waren, merkten wir, daß wir unsere Sorgen vergessen konnten, denn während der Oberkellner ihnen einen Tisch zuwies und sie sich setzten, berührte ihr Fuß unter dem Tisch den seinen, und sie zog sogar den Schuh aus, doch der Oberkellner konnte es nicht sehen, während wir es mit Vergnügen und Beruhigung zur Kenntnis nahmen.

Und so kam es, daß auch die Jenkins sich hier in Reno niederließ, und daß Jane, wann immer sie eine größere Gesellschaft veranstaltet, das kesseste Mädchen zur Bedienung der Gäste zur Verfügung hat, das man wohl jemals auf derartigen Partys erlebt hat. Und wir geben nicht wenige Partys – vielleicht deshalb, weil wir in unserem Salon inzwischen fünf Pokale stehen haben, ganz zu schweigen von dem ersten, den unser ›Count‹ gewonnen hat, und weil es mir Spaß macht, wenn unsere Gäste diese Pokale bewundern. Vielleicht kommt es auch daher, daß Jane gern viele Menschen um sich hat – ich weiß es nicht. Jedenfalls sind wir glücklich – sie, ich und ›die kleine Lady, die oben auf uns wartet‹ – und das gehört sich auch so.